中国乡存丛书

陈纸 著

舍陂记

Shebei Ji

广西人民出版社

目录

疼痛的村庄
（代序）

1

　　现在想来，那是潮汐，一股股潮汐，而我们，当时是一群嬉闹的小屁孩，我们笑着，互相推搡着，忽而扎成堆，忽而排成队，我们的身子将屏风撞击得嘭嘭作响，仿佛战鼓，传递到屏风背后的房间里。"痛啊——痛啊——我不生了——我不生了……"一股股潮汐，从大海最深处、最远处悠悠传来。我们这些小屁孩，看着几位大人手忙脚乱、进进出出、一脸严肃。我们耐不住性子，想跟着大人们零乱的脚步冲进房里去，刚挤到门槛边，大人们像突然涌起的海啸，将我们轰散。屏风继续嘭嘭作响，我们的嬉闹更加肆无忌惮。我们开始模仿房间里的喊声，有一两个还捂着肚子，翻着白眼，抬头向天，跟着喊起来："痛啊——痛啊——我不生了——我不生了……"我们的喊声立即招来了大人们的斥责，他们像赶偷吃骨头的癞皮狗一样，将我们赶了出去。

被赶出家门的我们并没收声，反而更大声，我们一齐学着喊："痛啊——痛啊——我不生了——我不生了……"然后，累了，各自散开，我们将"痛"声传遍了整个村庄。潮汐很快漫延了舍陂村，整座村庄仿佛被潮汐冲刷得微微颤抖。接着，就有消息传来：生了，生了，……

四十多年前，陈梅根的老婆生孩子时，我是"听房"的小屁孩之一。如今，再看到陈梅根的老婆，人到老年的她，肚子比她怀孕时还大，两只眼睛不知何时长没啦。她腆着肚子，脸上左右两团圆圆的肉，她问我："我有个崽在山东当兵，他那里离你远吗？"问完，她自豪地、粗重地"呵呵"两声。

疼痛与甜蜜，都曾写在同一张脸上，生命在疼痛与甜蜜交织的空间飒然作响，整座村庄也因此生动起来。有时，我真想再次站在潮汐里，在一次次疼痛的叫喊声中，体会这座村庄的生生不息。

几十年前的一个上午，我不记得是春天，还是夏天，又或者是秋天、冬天。我只记得，叔坐在大厅饭桌前，一个劲儿地抽着旱烟。伯母在一旁催促他："你个死人，你没听到吗，你老婆在房里痛得连床板都快拍断了，还不去请接生婆？！"

叔这才像刚惊醒过来似的，他猛地磕了两下烟杆，然后，将烟杆往饭桌上一丢，甩开步子就往外冲。我晓得，他是去找江里村的罗群。方圆四五里，也只有江里村的罗群会接生。所幸江里村与舍陂村相距不远，叔当过兵，走起路来咚咚响，像跑步似的，花了不到半个钟，就把罗群叫到了家里。

这时，伯母已在婶的房里。婶的喊声连同灰色的蚊帐，将整幢房子笼罩。我的目光随着叔手足无措。我看见叔随手抓起放在饭桌上的烟杆，正要往里面填烟丝，就听到罗群砰的一声将药箱放在饭桌上，瞪了他一眼，喊："什么时候了，你老婆痛得在床上打滚，你还有心思抽烟？"说完，她隐入黑暗的房中。不过一分钟，罗群冲回大厅，对叔说："你老婆要生了，还不快去烧水？"叔猛吸一口烟，侧着身子问罗群："烧水做啥个？"罗群说："烧水消毒呀，做啥个？"房间里，"哎哟嘞"的喊声越来越大，叔的腮帮子也越鼓越大，他猛地往灶里吹气，要把火烧得更旺一些。

罗群将箱子打开，取出一个饭盒模样的盒子，将盒子打开，把里面的器械倒在锅中的沸水里，四五分钟后，捞起，装在盒子里，端到房间。房里，"哎哟嘞"的喊声改成了歇斯底里的"啊"声，一声长，一声短。我站在灶前，看着叔一个劲儿地往灶里塞柴火。

罗群又从房里冲出来，冲叔喊："快点！快点！去点盏煤油灯来！"叔问："点煤油灯做啥个？"罗群说："给剪刀消毒呀！"叔一听，猛地往房里冲，罗群拉住他，不让他进房。叔探着头叫我伯母，伯母问煤油灯在哪里。叔说在床头桌上。伯母将煤油灯送到房门口，叔忙用火柴点亮它，罗群一把夺过煤油灯，端进了房里。

房里的"啊啊"声，像一个个炮仗，每隔一两秒钟爆发一次，铺天盖地而来。不知过了多久，我听见罗群将叔叫进房，这才意识到，不知何时，房间里的叫喊声没了，像炮弹消失在无边的天宇。

我听到房里的罗群说了一句："进来吧，生了，男的。"叔冲进房里，两三分钟后，他拎着一包东西，急急地往门外跑去。伯母在他身后喊："丢远一点，丢到村口竹林去!"叔的肩膀一颤一颤，他的声音高昂欢快："晓得晓得，我丢得远远的，谁都看不见!"

多年以后，我才知道，叔拎出去丢到村口竹林的，是养育堂弟的胎盘。这是堂弟陈兵根降生那天的情景，是我至今为止第二次，也是最后一次在现场听到女性生孩子如此真切的叫喊声。那些叫喊声离我既远又近，许是与我性别有关，我几乎本能地忘却了那些叫喊声，甚至从来没问我母亲，她生我时是不是也有疼痛。

我听到很多女人说：尝过生小孩的疼痛后，再也不想生了。但我还没见过哪个女人，因为怕疼痛而不生小孩的，即使真的怕疼痛，也会选择剖腹产，但剖腹产带来的疼痛丝毫不比顺产少，而且，持续的疼痛比顺产更长。

何况，小时候，在我的村庄，很少有离开家生小孩的。记忆中，陈大根出生时，他母亲痛得实在受不了，接生婆见胎儿的头生出来了后，身子怎么也生不出来，怕出什么意外，便说："赶快运到公社卫生院去。"陈大根父亲叫来了村里一部手扶拖拉机，急急地铺上稻草，放上一块木板，将陈大根母亲抬到手扶拖拉机上。手扶拖拉机开到村口，经两三下颠簸，小孩竟然生了下来，于是，手扶拖拉机又开回来了。

宁静的村庄以它疼痛的喊叫迎接新的生命，有多少个生命就有多少次喊叫。每一次喊叫都预示一个新生命的降临。

村口那片竹林，在麻雀的喊叫中，春发夏长，郁郁葱葱，再大的风来，也不可阻挡。"哎哟嘞"！"痛啊"！"不生啦"……一声声喊叫，不分日子，不分时辰，村庄跟着一起痉挛，一起抽搐，一起呐喊，喊出一个可以让种子生长出嫩芽的世界。

村庄里的那些小屁孩，以游戏方式，化解了母亲当初生他们下来时的疼痛。他们挤在某家某户"听房"的举动，被大人们认为是对疼痛的亵渎。大人们恼羞成怒，认为那些小屁孩是忘恩负义，没有良心。他们驱赶小屁孩时，不忘揪住其中一个最调皮、最淘气、最捣蛋的，抢起巴掌往其屁股上扇。

奇怪的是，打得再重，小屁孩们不喊痛，也不哭——在他们看来，对于在房里生小孩的母亲们来说，这算什么呀？！

2

这样的恶作剧，往往以大人们的"再也不理"和小屁孩们觉得"自讨没趣"而结束。大人们当他们不懂事，要懂事就应该懂得真正的疼痛。真正的疼痛应该真正体验在身上，多体验几次，便会长记性，便会晓得什么能做、什么不能做，什么是对、什么是错。

于是，村庄里的母亲们很快便让他们知道什么是真正的疼痛。村里的小巷，经常传来慌乱而惊惶的碎步声，粗重而急促的呼吸声，以及大大小小、高高低低的"呜呜"哭声，它们与牛叫、鸡叫、狗叫声交织在一起，成了我们村庄里最常见的"交响乐"。那些"听房"的小屁孩中有陈年秀，有一次，陈年秀在"听房"时，他的母亲刚好路过，便将他截住（也只有她能将她儿子截住）。陈年秀的母亲扯住陈年秀的一只胳膊，他整个身子便倾斜了，双腿与母亲的双腿呈外"八"字，一个往左，一个往右。两个人脚下碎石瓦片扑扑作响、尘土飞扬。

陈年秀的母亲一边奋力扯着陈年秀的胳膊，一边东张西望。她终于看见了，在七八米外的地方，有一口池塘，池塘边长满了粗粗的、暗红色的柳条。陈年秀的母亲把陈年秀扯到池塘边，折下一根柳条，柳条划了一道弧线，最终落在陈年秀的屁股上。陈年秀跳跃着躲避，疼得咧着嘴，流着眼泪与鼻涕。他母亲问："还敢吗？还敢吗？还敢不敢？"她每问一句，就抽打一下。她语气急促，披头散发。陈年秀衣衫不整，鼻子一抽一抽的，他母亲见状，松开手，将柳条一丢，气喘吁吁地说："我要去园里摘菜了！"

陈年秀的喊声、叫声、哭声将那帮小屁孩驱散开了。他们好像怕陈年秀母亲的柳条会落在他们身上。他们不敢围观陈年秀挨打，还怕陈年秀的母亲会记住每一张熟悉的面孔，然后，向他们的父母告状，让他们也挨打。他们跑作鸟兽散。

我也跑回家里，爸妈不在家，他们都干活去了。我庆幸没被爸妈发现，却发现灶里的柴火熄灭了，几根胳膊大小的木棍冷冰冰地躺在灶里。我揭开锅里的甑，甑里未熟的米饭冷静地看着我。我慌了神，马上划亮火柴，点火，烧火蒸饭。我出门时，灶里明明烧得很旺，怎么回来火就熄了呢？而爸妈很快就收工回来了，怎么办？

好在火很快点燃了，不一会儿，锅里的蒸汽又冒了出来。我正庆幸及时弥补了这个错，吃饭时母亲却感觉出了异样。她扒了两口饭，猛地将饭碗往桌上一放，问我："是不是中途停了一次火？"我装作很镇定地说："没有。"父亲在旁说："可能是火少了点，饭里的水还没蒸出来，饭有点软。"母亲瞪了父亲一眼，说："不是有点软，而是水灵灵嘞，怎么吃？吃得手软脚软嘞，怎么下田做事？"母亲皱着眉头又扒了一口饭，像突然记起什么，干脆丢下筷子，直盯我，问："是不是又放着饭不好好煮，跑出去玩了？"我低下头，斜了母亲一眼，轻声说："没有。""还说没有，人家陈梅根的妈跟我说，一帮小孩跑到她家去捣乱，里面就有你！"说完，母亲从灶里的柴垛上抽出一根树枝，我的心一下子收紧了，脚下的步子却放开了，撒腿就跑。

起初，母亲的树枝还能抽打在我脚后跟上，后来，她跑不过我。我专挑拐弯的地方跑，好让我的身影脱离母亲的视野，我尽量收住眼泪，捂住哭声，放轻脚步，最后我躲进别人家的牛栏里。

牛栏里堆着稻草，一直堆到屋顶。稻草泛着阳光的清香，温暖、柔软、隐蔽、安全。我躺在最高处的稻草的深暗里，想放声大哭一场，但我想到母亲肯定找不到我，中午、下午不必跟着去田里出工，于是突然不难过了。我平复了一下心情，想睡觉，就是想睡觉。我什么都不想做，不想去学校，不想见老师，也不想跟在爸妈身后，为了捉稻田里的鲫鱼或泥鳅惹得吸血蚂蟥往我两脚上爬……

不知在何时我真的睡着了。不知睡了多久，我睁开眼，眼前一片黑暗。我爬出牛栏，看见陈接春牵着头牛走了进来。我的身影把陈接春吓了一跳，我不搭理他，冲到空旷的地方。我听见陈冬来的老婆冲我说："你个死崽，还不回去，你妈找了你一日，都急得哭了。"

对于母亲的哭，我并不感到陌生，我在不争气、不听话时，母亲打完我，就放声大哭。我想，母亲的哭，不是因为疼痛，而是因为绝望。在我们村庄，女人经常因为各种各样的原因哭。

<h2 style="text-align:center">3</h2>

我至今记得几个女人一路呼天抢地、一路失魂落魄的场景。我还在读小学一年级时，一天下午，见陈才根母亲号啕大哭。她

的脚步零乱张皇，整个身段是软耷耷的。她从我们的教室后面奔向树林。树林掩映中，有一汪惨白的水，那是湖水，是我们村唯一的湖泊。下课铃响，我们冲往湖泊的方向，那里早已聚了七八个人，七八个人围成了一个小圈，大家七嘴八舌，小声议论着什么。陈才根母亲的哭声给圆圈撕开了一个很大的口子，大家让开，有人伸出双手去扶她的身子，陈才根母亲瘫倒在那怀抱里。

陈才根母亲确认了躺在湖畔的孩子。他在半个钟头前还像一条鱼一样，游在湖水里，此时，他停止了呼吸。乡亲们在这之前，将他从湖里打捞了上来，并且，马上抬他到牛背上进行了抢救，希望将他喝进去的水压出来，但无济于事。乡亲们派出代表去向他母亲报告消息。

相同的场景，在我家门前的池塘边也出现过一次。那是陈接健的大女儿，应该是四五岁吧，她趁大人没注意，偷偷跑到池塘边去采野花，不慎落入池塘溺亡。我至今仍能记得，陈接健老婆坐在女儿身旁呼天抢地的情景。这时，每位路过的乡亲照例过来安慰几句，然后，静静地站会儿，又都静静地离开。

陈福根的一个儿子，则是被村中的另一口池塘吞噬。他老婆将儿子的尸体紧紧抱在怀里，直至哭昏了过去，仍紧紧地抱着，像一对沉睡的母子。陈福根将儿子从老婆的怀里强行抱开，带着儿子默默地走向村后的树林……

在我们村庄中，零零星星地，分布着七八口池塘，那些池塘，是我们儿时的乐园之一，给我们提供了无穷的乐趣。我们这些八九岁、十来岁的小伙伴，趁着父母出工不在家，纷纷跳到池塘里去玩。尽管池塘里都是淤泥，很脏，但我们毫不介意。安静的池塘，被我们搅得水花四溅、热火朝天。

儿时的我们未能意识到池塘是吞噬生命的"恶魔"，在池塘里葬送生命的，大多是十岁以下的孩童，而且，都是背着大人和其他玩伴，私下一人跳入池塘玩耍的。还有，就是在池塘边洗东西不慎滑入水里溺死。在我们村庄，每年都有孩童溺死在池塘，伯母有一个女儿也是在池塘溺死的。

如今，我们村庄里的天然池塘屈指可数了，很多原来的池塘位置，已被泥土掩埋，大多盖上了水泥的房子。

村庄一片寂静，池塘再也泛不起水声，那些池塘边的疼痛，生命逝去的疼痛，却仿佛仍能感觉到。

村庄里，不断地有人出生，不断地有人衰老，不断地有人逝去。

我健康的奶奶，走在村外江坝上，头一晕，脚一滑，一头扎进江里，走了；伯父陈接儒，在房顶收稻谷，不慎摔下来，来不及抢救便离开了人世；叔叔陈接怀，身患胃病十几年，经常痛得捂着肚子坐在田埂，开了两次刀，也没能挽救他的生命，他在六十二岁时去世了；父亲陈接念，得肺癌，在他生命最后的两三个星期，周身疼痛难忍，夜不能寐，临终时，长长舒了一口气，伸展了眉头，摆脱了疼痛；村里的族长陈国庆，瘫痪在家，冬天的早晨坐在灶前烤火，他老婆去菜园浇菜，家里没其他人，灶里的火蔓延到他身上，将他活活烧死了；陈国华、陈接元等都是得肝癌去世的……这些年，村庄里相继有人患病去世，他们在生命的最后，都历经了难忍的疼痛。如今，他们走了，他们的疼痛，葬于深土之下。

父亲兄弟三人，伯父陈接贤从四十多岁开始，便脊柱疼痛，他三天两头醉酒，有时怎么回到家都不晓得。我们眼看着他的身体弯成了一张僵硬的弓，却又无可奈何。伯父痛得实在受不了，便骂人。首先骂伯母，骂她没有为他生一个儿子。接着，他骂他的女儿们，他的女儿个个长得水灵灵的，又勤苦肯干，他却骂她们打扮得花枝招展像一个个鬼婆子。他骂着骂着，就打自己，打自己的胸，打自己的头，打自己的腿。

伯父催伯母给他买各种医治的药，他家里长期弥漫着浓浓的药味。伯父皱着眉头、苦着脸，吞下各种药物，但他的疼痛仍然牢牢裹在他身上。伯父吃遍了所有他认为能够治好病的药后，又开始尝试各种膏药。他在认为疼痛的地方都贴上了膏药，想将疼痛吸出来，然后，在揭膏药时，将疼痛连根拔掉。但他的这番努力也无济于事。伯父像一头凶猛的野兽，在困笼里大喊大叫，家里能拿得动的物件，随时会被他推倒，或者砸坏。那时，父亲与叔都去劝过他，但都无济于事。

后来，我找了在山西省稷山县骨伤医院工作的朋友，他寄来几十贴膏药，贴在他的身上起了作用。如今，二十多年过去了，他的腰再也没痛过，八十二岁了，身子仍然硬朗。

4

伯父的疼痛在他那一代人身上弥漫。母亲的风湿性关节炎已伴随她二十多年了，疼痛来时，她狠命地捶打膝盖，大声喊叫，说要砍掉她的双腿。母亲的风湿性关节炎源于何时，因何而起，只有母亲说得清楚。她说是因为生了我，在坐月子时没注意保养，被父亲逼着到生产队出工，挣取工分。母亲的语气中，将我与父亲的"罪责""连坐"了，所以，每当她的风湿性关节炎发病时，我与父亲也跟着生出隐隐的痛。

到城里工作后，我尝试着给她买各种各样的药，但都丝毫减轻不了她的疼痛。母亲说：每当天气由晴转阴，或临近下大雨，她的风湿性关节炎就发病。所以，我们希望永远不要变天，阴天永远阴下去，晴天永远晴下去……

母亲的疼痛是我放心不下的牵挂，从村里到城里，路途一千里，疼痛丝丝缕缕，难以消弭。现在，我每年回一次我的村庄。村庄里，乡亲们身上都有不同程度的疼痛。有的人站着说话不腰疼，说什么"我疼痛，故我在"，但我认为"我没有疼痛，故我能更好地存在"；又有哲人说"忘记疼痛，就是背叛自己"，但我宁愿永远地背叛自己，也不想记得那些疼痛。

"我疼痛，故我在""忘记疼痛，就是背叛自己"——如果你把这两句话讲给我村庄的人听，他们一定会揍得你痛苦难当。首先，陈接瑞饶不了你。他年轻时是一位五大三粗、力大无穷、顶天立地的大男人，如今却拄着拐杖一瘸一拐，连爬上电动三轮车都困难。村里有人劝他去买一部轮椅，他说：农村有哪个人坐轮椅的？前几年，陈接瑞的老婆突发脑溢血去世，他的生活更加艰难。他两个女儿远嫁他村，三个儿子，两个在县城做生意，租房住，大儿子倒是在村里住。但陈接瑞说：不想麻烦他们，也不想被他们轮流养着。如今，七十六岁的陈接瑞仍时不时地喊痛。

有时陈接瑞这样喊时，陈接福就在他后门空地上剁猪草，而就是这样一种在他以前看来最简单的工作，现在做起来竟有几分困难。他的双手在几年前的一天突然疼痛起来，痛起来时像木头，硬的，不听使唤。医生诊断说是痛风。痛风的他，每当发病，牙都刷不了。有一次，陈接福正在剁猪草，我经过他身边，只见他剁着剁着，将菜刀一丢，愤愤地说："你个死废人！"

住在他家隔壁的陈接圣对他说："这种病要慢慢调养，而且，以后不要喝酒。"陈接福说："调养？不做事？那谁养你？"陈接圣说："我以前生病，有两三年啥事都没做，从机械厂提前退休了，那有什么办法？那时，我痛得上厕所蹲都蹲不下，如果不是调养得好，现在能好？"陈接福说："我没你那么好的命，你啥事都不做，坐在家里，每个月都有两三千块钱退休费领。"

陈接福与陈接圣的对话，八十二岁的陈接义无法听到，因为他此时躺在床上，刚从南昌做完胃切除手术回来。他在胃疼痛了将近半年后，被儿子们强行拉到县城医院做了检查。检查的结果是胃癌，而且是晚期。这么大把年纪，还做不做手术？几个儿子商量后，他被推上了手术台。陈接义的三儿子陈检根说："父亲大半个胃切除了，不知他还能不能再挺一两年？他以前老是喊痛，也不肯打针吃药，如果不是老拖着，也不至于严重到这个地步……"我对陈检根说："你爸是幸运的，他的四个儿子都在村里，他有你们照顾，而我，每年只回家一次，母亲一人在家，万一有一天突发病痛，我都来不及……"二〇一八年清明前后，陈接瑞与陈接义两位老人，在历经难以忍受的疼痛后，相隔不到三个月，先后去世了。

而就在我说这话的第二天，母亲突然说头痛。我到县城给她拿了药。她却不吃，说只是吃了两个油炸的饼，可能上了火，过两天就没事了。回到南宁的第二天，我打电话给母亲，她说头还时不时痛，已经去拿了中药……我听了，后悔在家时没带她到医院去检查一下。过了三四天，我再打电话给她，母亲说中药吃完了，没用。她去乡卫生院看了医生，医生要她打三天的吊针。母亲问医生："你敢包打了三天吊针头就不痛吗？"医生说："你是上了火，打三天吊针，消了火就不痛了。"母亲听了，这才同意打吊针。于是，她每天步行十里路左右去乡卫生院打吊针。我问她："要不要我找朋友送你去？"母亲说："麻烦别人做啥个，别人家都有事。"

婶在叔去世后两三年，还一个人种了两三亩地。婶三个女儿家里地也多，她不想找女儿女婿帮忙。婶一个儿子，在温州做生意，一年也难得回来一两次。有一次，她一人扛着脱谷机，在迈一道田埂时摔了一跤，不但断了一只手臂，而且造成颈椎错位。

她挂着一条绷带，忍着伤痛，每天洗衣做饭，还接送孙子上学、放学。婶说，她站十来分钟就受不了，要坐下来歇会儿，坐十来分钟也受不了，要躺下来。晚上躺在床上也痛，要经常翻动身子，变换睡姿。"受罪呀!"这是婶婶这几年常挂在嘴边的口头禅。

5

我居住了二十一年的村庄，如今，除了挤在马路两旁两排高大豪华的新房，其他地方，都是老房子。老房子爬满了青绿绿的苔藓，围墙被层层叠叠的荒草包围。马齿苋、蓬蒿、芭茅，淹没了有百年历史的老路。那些我熟稔的地方，已被破砖烂瓦掩埋。还有一些老房子大门紧锁，了无人烟，每年总有一两次台风，总会摧倒一两间老房子。几幢被推倒的老房子也没人收拾，一些梁子横七竖八地堆着，一些土坯被雨水浸泡后，痛苦地蜷缩着身子，瘫成一团。只有村中的古树挺拔朴素，黯然屹立，独对苍天，神色凄惶。

年轻人出去谋生，有的出去了，在城里买房，不回来了；有的考上大学，毕业后留在城里工作，也不回来了；一些老人不在人世了，一些老人强忍着病痛，顽强、孤独地活着。村庄越来越寂寞，越来越安静，一个人小声的叹息，仿佛都能使全村人惊悸。我发现，自己越来越脆弱，时常觉得有一双柔软而锐利的爪子，抓住了我的心，令我时常生疼。我的神经，就是村庄的神经。我知道，村庄的疼痛已连到了我的身上。

现在，每当我走在都市的大街上，看到为生计在街头奔波劳累的乡村少年，我的心就会隐隐作痛。我越来越听不得村庄里的人喊痛，哪怕是在新生命降临时，我总是莫名地紧张……

村庄的疼痛，就是一部祖辈历史的总基调。疼痛——关乎创造，关乎灭亡；关乎忍受，关乎温暖；关乎挣扎，关乎守望。其实，真正的人生问题，就是如何对待有各种各样疼痛相伴的生活。

如此说来，我是在疼痛的村庄中，一步步成长起来的。其实，每个人都有一个回不去的故乡。关于我与故乡——我的村庄一起成长的苦乐，需要我用一生去体悟与理解……

日暮乡关

我出生之地，在江西省永丰县潭城乡舍陂村。于地理位置而言，乃红色根据地井冈山山脚下，距县城约八九里，离乡里约十里，那里土地广袤肥沃，素有"粮仓"之称。就历史而论，沿"吉州""庐陵"一路，风尘仆仆走来，沾大文豪欧阳修与"宋三杰"之一文天祥之文脉与正气，民风儒雅，村民凛然。对我来说，前二十一年，叫她作"家乡"，二十一年后，称为"故乡"。"家乡"唤我"长庚""陈长庚"，"故乡"知我是"陈大明""陈纸"。

"家乡"是年轻的，往往伴随着一个人的成长，有最青葱的年华；"故乡"是年迈的，它是回望者漆斑剥脱的镜框，映照出白发苍苍的脸庞。有人说：内心的衰老，与人的年纪直接相关，年纪越大，身愈难从。现在才知，故乡的衰老，是与故乡最亲的人的年纪相关的。

母亲七十多岁了，而我，已过壮年，自觉已"老态龙钟"

了。我的故乡，与我故乡唯一的亲人——母亲一起，在梦里已是芳草凋零……

思 乡

我越来越感到已被

乡土包围

这种感觉

置身于大城市里

越来越强烈

朴实的气息

如针扎进梦里

生疼

像犁尖深入三月的泥土

疼的不是泥土

而是牛。

——《乡土》（1992 年）

从有记忆始，"家乡"在我心里，就意味着无穷无尽、无休无止的农活，日出而作、日落而息，是关于"家乡"的唯一"图谱"。它总是以单调和彻骨的苦力迎接我。一九九一年，由于学习成绩差，我被取消高考资格，提前半个月回到村里，到窑洞去挑砖，赚取每块砖五厘钱的劳务费。

但我并不甘心，不知从何时始，我的世界里有了"第二家乡"——精神的家园，在文学的天地潜滋暗长。我发觉，这个"家乡"竟然跃到了前头，显得比"第一家乡"更重要。我在心里谴责自己，认为自己是土地的叛徒，是祖宗的不孝逆子。但我又不能背叛自己的内心，我发誓，一定要去更远更宽的地方，找寻"第二家乡"。终于，一九九二年，我背起行囊，来到南宁。那年，我二十二岁，第一次远离家乡，前途未卜，四海茫茫。

最初的几年，我经常站在民族大道某个十字路口，或者躲在某个高高屹立的广告牌下，看穿梭的人流，惊叹这座城市不断增加的人口。以前，国际大酒店（现在叫沃顿国际大酒店）那边还是一片寂静，如今，每晚散步的人挤满了偌大的草坪，我是其中一人，而这其中，有多少刚从"家乡"而来？又有多少望月思"故乡"？

无可非议，你我都只是想从这座城市里挣得些东西，或者，想换一个地方，体会人生中的另一种"活着"。城与乡一样，虽然她并不慷慨，但也并不吝啬，她对不同程度努力的人施予高低不一的报酬。

每次走过古城路，总见路旁立着一张张疲惫的小木牌，上面写着"木工""油漆""专业打孔""疏通管道"之类的字样，木牌后，是一双双急切而迷茫的眼睛……这时，我会想到故乡的小桥、流水、人家，而面前是城市的灯红酒绿、高楼大厦……

或许，城市已不是当初我从家乡出来时想象的那座城市；或许，待我回去时，乡村也不再是出来前的那个乡村了。社会以不可思议的速度，在诠释"物是人非"的过程。

在乡村与城市里，我到底是什么？有什么？这样想着，又到了一个十字路口，红灯骤然亮了，我只好混在人群中，为同一个前方，平等和耐心地等待。这时，夜幕降临，雾气夹杂着机动车排出的热气，弥漫天空。之后，绿灯亮了，我继续往前走。

人说，有灵魂、有追求的地方即是"家"，有亲人、有牵挂的地方叫"故乡"。但愿你我都有一个家，都有一个故乡吧。——姑且这么祈愿。

前几天，很意外地在《南宁晚报》上看到一篇报道："陈氏祖先落户南宁六百多年，海内外陈氏宗亲相聚邕城。"说的是，来自江西义门、广东湛江、广西西北地区等不同地域的陈氏宗亲二百八十多人，在南宁西乡塘区陈村，开展重阳联谊交流会，传承陈氏文化，让陈氏后代勿忘祖先，传承"孝道""家和"。交流会上，还展示了该村退休老人陈民清用软笔小楷手抄的陈氏族谱，内记陈村六百多年传承、上下二十六代家世。

"江西义门"？这四个字跳入我的眼帘。少年时，我听族长隐隐说过，家谱上写着，村里人是从那个地方迁徙而来的；又据他说，江西这一脉的陈氏，大多来自福建，而我们更远的祖先，是来源于那个稍有历史知识就知道的"陈霸先"。是真是假，村里那个叫陈万全的重视家谱修撰的老人，还来不及进一步考证就已逝去。

而富有戏剧性的是，如今，我祖上的陈氏兜兜转转，竟到了南宁市郊的一个叫"陈村"的地方，那个地方，与我在这座城市的住家辖属同一个城区，而且相距仅仅四五公里。巧合的是，曾经，不知出自什么目的，像有谁召唤似的，鬼使神差般，我带着儿子，在那个既熟悉又陌生的村子里转了个遍。

二十多年前，我义无反顾、毅然决然，要远离家乡，到城里闯荡；后来，曾一度哀怜，人生没有回头路，恐怕真的回不去了。谁想，这里竟然有一个叫"陈村"的地方，与我千里之外的故乡"舍陂"，有着千丝万缕的联系。难道，只要开阔视野，身世就真的如身上的血管，宿命暗合，缠绕往复，枝蔓相连，心手相牵？

出　生

赤脚的孩子

走向田野

手里的绳

牵着头牛

学校的老师

呼唤如叶

在远方摇动

一种挽留

这是夏天

种子本该游出

阳光外

发芽生根
赤脚的孩子
却走向田野
田野是
荒芜一片。

——《赤脚的孩子》（1990 年）

回到我的出生地。我的出生地月亮总是隐藏在童话里，因为我觉得那是世界的最深处。一九七一年的一天，我降生人世，来不及问父母为什么让我选择在那个时辰。那天是八月十五中秋节，那时，父母肯定认为当晚的月亮是世界上有史以来最圆、最亮的月亮。他们肯定从暗灰的世界里，看到了光亮。那光亮使全村惊骇，我的第一声啼哭，虽然比他们预想的晚了五六年，但仍然无法阻止父母从此在村里挺直腰杆。

后来，父母没有再生，不能再生，也没有再跑医院。具体原因，他们讳莫如深，像村里那口古井。没有商量的，我成了二十世纪七十年代初那个地方、方圆十几个村少有的独生子女。

对于爷爷奶奶，到现在，我仍无法从别人的口中得知我出生时，他们在干什么。我想，爷爷大概坐在那幢他祖上传下来的老屋里，有力地推着婴儿椅里放着的伯叔的某个小孩。而奶奶，那时可能还在忙着纺纱织布。当时的奶奶，有三个儿子，都娶媳妇了，还有一个女儿待嫁，全家加起来十几号人，吃穿住行，饭衣被鞋，够她日夜不停地忙着了。

从有记忆开始，奶奶仿佛永远在纺纱织布。特别是晚上，她坐在院子里，或点上灯，或借着月光，那踏织机声响到深夜，伴我入眠。布织成了，还要染，碰到染布的人来了，奶奶三步并作两步，颤巍巍跑到家，把织好的一捆布捧出来。那时的染料颜色单纯，多是黑色、灰色，红色算是流行色，但奶奶说"那是富人家的颜色"。奶奶还说："黑色禁脏，穿着干活最好。"桃花开了谢了，谢了又开了，夜里花香一村，耳边尽是踏织机的织布声，旷远而独自……

奶奶走的那天，爷爷为躺在棺材里的奶奶盖了三层她亲手织的、还来不及染的布，厚实而朴素。我爷我爸我妈我伯我伯母我叔我婶我小姑还有我们这些"小字辈"，都穿上了奶奶织的布衣，没染，乳白色的。我们都哭，用布捂着嘴哭，使劲揉搓着这布。

奶奶走后，爷爷陈德全顽强地活着，活到三个儿子分了家，活到我姑姑出嫁。那时，伯父、叔叔与父亲三兄弟虽分了家，但三户人家仍挤在一幢祖屋里。爷爷在三个儿子之间，轮流被赡养着。

小时候，每每从学校回来，只要是我与爷爷两个人在家，爷爷就与我有说不完的话。我对爷爷说："如果世上真的有鬼，等你死了，你就变成鬼回来看我。"爷爷说："如果有鬼，我就不回来了，我怕吓着你。"

关于我爷爷早先的事，我从村里一些人的嘴里，零零星星知道一二，大意是：爷爷的祖上是大富人家，到爷爷的父亲那一辈，家道逐渐衰败。原因是爷爷的父亲嗜赌，把祖上留下的家产几乎输光了。轮到爷爷时，还是听人说，他年轻时好吃懒做，致使家业日益颓废。传说，爷爷的父亲葬到了离家一百多里的地方，出殡时，一路上七八顶大轿随行。那时，只有有钱人才能讲如此排场。又传说，在过一条江时，坐在轿里的爷爷硬是不肯下来，引来几名轿夫的不满。

这大概是爷爷被认为"好吃懒做"的佐证之一吧。年轻的、好吃懒做的爷爷我无法看到，待我懂事时，爷爷的确已不下地干活了。爷爷走的那天，十三岁的我正推着大板车，从田野上狂奔回家，田野上稻谷澄黄。快到村口，我听到了鞭炮声，那是有人去世的告示，我瞬间泪流满面。

那段时期，我陷入一种心境中，那种心境叫"自卑"。它像一个形影不离的幽灵，与我家乡土地里的庄稼相携相伴，怎么甩也甩不掉。我从小缺乏营养，像家门前土坡上那株没有粪便浇灌的南瓜秧苗，纤细矮小。有一天，我照镜子，惊慌地发现，无数雀斑布满了我的脸，从此，我在他人面前抬不起头来。我上树掏鸟窝划破了裤子，母亲勒令我自己补；我学习成绩不好，父亲一脸愁容，我抬不起头来；我在田里干活，累得直不起腰来，只会偷偷地哭。

家乡庄稼疯长，我心渐渐荒芜，我感到深深的忧伤。月亮降落的日子，唯一的光亮，来源于一盏小小的煤油灯。煤油灯的火焰在母亲暴躁的脾气下忽闪忽闪。很长一段时间，我是在母亲的骂声中长大的。母亲用她特有的严厉，管束着我这个不争气的儿子。

当然，还有另一幅场景：秋冬农闲的晚上，一盏昏暗的煤油灯下，伴着窗外的寒风，母亲纳鞋垫、补衣裳，一针针、一线线，熬到很晚很晚。母亲铁齿铜牙，却心灵手巧，她的手很粗大，纳的鞋垫远近闻名，针脚均匀密实，结实耐穿。她与父亲种了十来亩地，忙完田里忙家里。岁月如烟如水，温暖丝丝密密，被纳进了一双双鞋垫里，被缝进了一件件被漂白的旧衣裳里。

父　辈

父亲
一天私塾也没进
却用毛笔
识别位置
写他的名字

在脱谷机和风车的
每一块拼接的木板上
父亲用正楷
写"左"和"右"
写"前"和"后"
写"外"和"里"
落款是"陈接念"

每一笔每一画都
老老实实
方方正正
认认真真

父亲一辈子
只会写这几个字
却从未写错过

父亲根本不懂
什么叫"书法"
却懂得
"书法"的真谛。

　　——《书法》(2008年)

　　家乡还有父亲结实的肩膀。小时候，我最喜欢骑在父亲肩上去逛街。父亲身体单薄瘦削，双肩却硬朗有力，我双手紧抓他的头发，两脚在他胸前一晃一晃，一副元帅的威武神气。有时父亲喊累，要我下来，我不肯，他没法，只是脚步明显慢了下来，额头渗出了汗珠，喘着粗气。

　　到了街上，饿了，说一声要吃什么，父亲会艰难弯下腰，然后又艰难支起，一只手抓住我的手，一只手把买好的东西送到我的手里。我呢，接过便大吃起来，从没问过一句："爸爸，你吃一点吗？"这时，父亲总是回过头来，满意地仰视着我，比给他吃了还满足、还高兴。

不知在哪一年，我从父亲背上跳了下来，能够一个人走几里路去逛街了。十七岁时，父亲给我买了辆自行车。我仗着年轻气盛，逛街便多了随意与洒脱，施展车技，狂奔起来。父亲发火了："年轻人莽莽撞撞，没出息！"以后，我骑车逛街便小心谨慎了。有一次，我搭父亲去逛街，他见我骑车快慢得当，且能礼让三分，拍着我的肩膀说："就要这样骑。"一九九一年，父亲病了，我常搭他上街看医生，抓药，可总不见好。后来，到省城南昌一检查，父亲得的竟是绝症，医生说最多能活半年！随行的伯父把我拉到一边，声音低沉地对我说："你父亲一辈子没离开过家乡那个村，这次该花的让他花一点，该吃的让他吃一点，该看的带他去看看……"

父亲活了五十多岁，走的最远的地方就是县城了，这是第一次到省城。走在大街上，看着父亲单薄消瘦如一小捆柴似的身子，软弱无力、步履蹒跚地走在前面，瞪着一双惊奇而无神的眼睛四处流盼，我再也抑制不住，泪如泉涌。他看着我花钱如流水，吃的东西直往他手里塞，皱眉了，只逛了两条街，他喘着粗气说："累了，不逛了，回旅社吧。"给他买的东西，他一样也没吃、没用，在回家的班车上，父亲终于说话了："往后，钱要紧着花。"

一九九二年，春天来得特别早，阳光似乎在催促着什么。村里人把一包包稻种搬出来，漂去秕谷，装进箩筐，浇上温水，要催芽做种了。我束手无策，父亲的指点让我紧张万分，他叫我把稻种拿到太阳底下去催。

没过几天，稻种芽就噌噌噌直蹿出来。稻种芽长得飞快，稻秧田还没整平。这时的父亲已气喘吁吁坐不起来了。阳光下，我赶着牛，撑着耙，在田里来回乱转，我的双脚在坑坑洼洼的稻秧田里跟跟跄跄，狼狈不堪。路旁的乡亲看不下去了，有的站在田埂上给我讲耙田的要点，有的干脆下田作示范。离开时，他们摇着头，叹着气：唉，这个后生仔，往后怎么办……

接下来就是造新田埂。十来亩地的新田埂，母亲在田里撑板，我在田埂上用力拉。不一会儿，我就累了，望着长长的田埂，想坐在田埂上不干，母亲瞪着眼睛催我。实在拉不动，我把绳子一丢，蹲在田埂上。母亲就哭，一边哭，一边骂我，也骂父亲。我一听，只得又站起，狠命地拉。绳子勒进我的双手，忘记了疼痛。我彻底麻木了。父亲看到我们母子俩脸色阴沉地回到家，只得唉声叹气，背过脸去。

人间四月天，莺飞草长时。紫云英铺天盖地开满花儿，父亲像一朵快要凋谢的花儿，在一个细雨霏霏的中午，由厅里的躺椅上，移到了房子里的床上。父亲呼吸困难，需平躺才能呼吸顺畅。

五月六日，我在日记中这样写道：

农历四月初四，天气：晴转大雨。

天亮，一摸父亲左手，脉搏全无；右手，微微地，血管的血如小蚊，间隔地蠕动……父亲的喉咙"吱哇吱哇"乱响，脸冰冷，淌冷汗，手背和肚皮浮肿。早上九点，父亲用微弱的声音说："我没事，你去田里看看有没有水。"我不去，守在他身旁，一边为他扇风，一边直愣愣地看着他，心中如刀绞般疼痛。九点四十分，父亲头歪向一边，呼吸减弱，口吐白沫，眼皮往上翻。他一边喊"哎哟嘞"，一边上下挥舞着手，呼吸减弱……减弱……直至……完全停止。

整整八个多月，我一直存侥幸念头，以为会有奇迹。然而，在不足一分钟时间里，一个我敬爱的生命消失殆尽。而此时，田里的稻子，因一场猛雨，灌了个饱，雨漫过了它们的头顶，稻子奄奄一息。

陈接念，父亲的一生，当生产队副大队长八年，没拿公家一分钱，没占公家一样财产。少与外人红脸。得知患了绝症，平静决定放弃治疗。留下的主要遗产清单如下：三千元现金。一幢一百四十七平方米的土坯房。新挂衣柜一件、新床头柜一个，特嘱留我结婚用。最后一项嘱托：要母亲放只会看书不会做事的我出去。平生最爱之物：一把二胡，不学自通，农闲时节，黄昏夜下，一曲《孟姜女哭长城》，如泣如诉，哀怨凄楚。

四个月后，我告别孤身的母亲，背起行囊，要去城里。我想去城里试试。走的那天凌晨，母亲默默拿起一挂鞭炮，流着泪点响，为我送行，我这才强烈地意识到家的存在。

鞭炮轰天响，我心翻江倒海，无言的视线，即将把我和母亲拉成千里之距。走出村口，放眼望去，四个月前在那场大雨中倒伏的稻子，这会儿正以悲壮而昂然的姿势挺立着。我想：它们是顽强的坚持者，而我呢？

母亲·老屋·晚景

在南宁这个偌大的小区
我一眼就能认出我的母亲
她矮小的身材
以前被庄稼压弯了
现在是由于胆怯

她的脸上很少有笑了
在乡下劳作时她总是大笑

我站在远处
看见一个女人左手拎着编织袋
右手翻着垃圾桶
脸上偷偷地笑了一下

这一笑我一眼就认出了——
她是我的母亲。

——《我一眼就能认出我的母亲》（2012 年）

没有了父亲，家乡，被劈掉了一半。"家乡"的概念，随着岁月的推移，慢慢变成了"故乡"，而如今的"故乡"，只等同于年逾古稀的"母亲"了。

故乡的重量开始在心里堆积，在梦中，有一把沉重而冷酷的铁锹，在向死亡与遗忘的深处开掘。我开始害怕半夜醒来，醒来后想故乡，想母亲，再也睡不着。白天，也害怕，害怕接到故乡的电话，说某某某去世了，催着奔向故乡去奔丧。我既担心于故乡的亲近，又恐惧于故乡的疏离。对于很多像我这样在外的人来说：青山绿水暮日，情归乡关何处？

我到城里第一年，母亲守着父亲的遗照，以及那幢一百四十七平方米的土坯房。堂妹陈美英担心她害怕，晚上主动陪伴母亲。几年里，我不安而焦虑，睡梦中，常常出现故乡那幢土坯砌成的、散发着泥土芳香味的老屋，以及屋子里活着的父亲和母亲。

母亲叫邓冬英，出生于一九四六年十月二十五日。她的出生地是距离舍陂村仅有一条马路和四五口田远的严城村。五十来岁的母亲从未离开过她生活的这两座乡村和她的土地，她一直守在老屋里，哪怕我远走南宁。

离家后的第一个春节，我踏上了故乡熟悉的土地。走到村口，侧目看见母亲正在池塘边洗衣服，村里的小孩一路追我，喊我小名。母亲急急扭转头，然后，停下，愣愣地看着我，手中的捶衣棍久久停在半空……终于，母亲揩了揩湿漉漉的手，一句话不说，把我迎进家中。家里仍是我当初走时那样：亮堂堂、干干净净、整整齐齐。

后来，我在南宁结了婚，有了孩子。为了让儿子将来记得故乡，我给他取名"陈梓"，"桑梓"的"梓"。儿子长到十五岁，只回过两次故乡。儿子小时候，我常带他到园湖路花鸟市场的铁路旁去"猜火车"。我告诉他：火车通往外面，外面有奶奶家。儿子会问：奶奶家有好吃的东西吗？

一九九八年初秋，故乡的田野丰盈饱满，像个初孕的少妇，羞涩中蕴含着微微的慌乱。我回家接母亲到南宁。在决定来城里之前，母亲不知该如何处置家里的东西。比如风车、石磨、板凳桌椅、饭柜、水缸、锄头谷箩……这些东西，都是她与父亲共同置办起来的呀。

母亲站在大厅里，左转转，右转转，想说什么，却一句完整的话也没说出来。母亲看着亲朋好友们手忙脚乱地把房子里的东西一件件地往外面搬，只两三天时间，我家的老屋，像一位被掏空了内脏的老人，站在风中摇摇欲坠了，放在神龛上的父亲的遗像，在皱着眉头苦笑。我把父亲的遗像小心端下来，想放入抽屉里，母亲说："不要关着你爸，让他在上面，替我们守着这间空房子吧。"

临行前一晚，母亲把空房子的钥匙交到我叔陈接怀手上。来到南宁的母亲，每隔一两个星期，就打电话回老家，问我叔："房子有没有打开门通通风？""挂在楼顶的被子有没有拿出来晒晒日头?"问完这些,放下电话,母亲还自言自语:"家里下大雨多,那面墙恐怕快倒了;床没人睡,老鼠可能天天晚上在上面打架……"

母亲在南宁住了五年,我知道,她在城里过得很不开心,如果不是为我带小孩,她恐怕早就回去了。她总是用"坐牢"来形容城里的生活。她总是喃喃:"回去看看,回去看看,一定得回去看看。"有几次,她躲在被子里,偷偷地哭。到我儿子上小学了,大字不识一个的母亲实在没事可做,便在小区里转悠,眼睛尽往垃圾桶里瞅……

我实在拗不过母亲,带她回了家。母亲把空房子里仅存的几样家具清洗干净,将房子打扫了一下,住了进去。母亲站在大厅,上看看,下看看,说:"真后悔当初把那么多东西都卖掉、送掉了。"母亲说这话时,眼神却很平静。

回到老家的母亲让我很不放心,我儿时的小伙伴陈才根知道我的心情,时不时去看望她,帮我取钱给她。但母亲总是说:不要钱,不要钱,我能养活我自己。我经常听七十多岁的母亲在电话里说,她经常在凌晨两三点钟起床,骑着三轮车,装一些自己种植的大豆、萝卜、红薯等,到县城去卖……

但不管如何,母亲,如今正在同老屋一样渐渐老去。老屋因为母亲的重新入住,又填充进了灵魂,我因母亲重回村里,又体验到了故乡的"存在",我思乡的灵和梦,在老屋里寄居与伸展。

又到冬天了，我想象着：再回到母亲身边时，她可能正坐在炉灶边，头发花白，面容憔悴。高远的天空下，寒风刺骨，烟波江上，是否有内疚的我，还有别后的你、隐痛的母亲、隐痛的故乡、隐痛的我们，痛在心头……

祖屋杂记

　　我出生在祖屋，那里也是父亲与爷爷出生的地方。好在祖屋没有败掉，爷爷在祖屋里结了婚，有了三个儿子和一个女儿。女儿嫁到了西坑村，三个儿子则一直留在祖屋里，长大、结婚、生儿育女。祖屋里分家不分居的情况在我的童年时代比较常见，而现在，我们视之为"家族传奇"。

　　祖屋坐落在舍陂村的中央，虽不宏大气派，却不小气寒酸，全用青砖砌成。青砖不是现在那种轻飘单薄的青砖，而是那种厚重灰黑的，而且是加大、加宽、加长的，现在已找不到那种砖啦！祖屋的门墩下还垫着一块磨盘大小的青石板，我第一眼见它时，它就已经被踩得油光锃亮了。

　　祖屋内的墙体，全是木制的。内部的结构，是用木材组成的。用材都是粗实的圆木。柱子腰粗，橡子如手腕一般壮，加上如腿一般直的挑梁、脚板厚的楼板和密实的屏风，显示着祖上曾有过的殷实，透露着深沉远眺的光芒。可惜，眼光长远，并不能保证前程的远大。祖上的荣耀只能止步于低矮的檐沿。

待懵懵懂懂认得几个字，上了两三节美术课后，我便认定祖屋最具美感也是唯一有美感的地方，就是屋檐了。弓状的青石向上翘起，紧贴着檐下的，是一抹洁白的瓷板，其上绘有花纹、麒麟、如意，杂而不乱，繁而不厌，虽经风雨侵蚀，却神态鲜然。这些雕饰将祖屋昔日的文脉与荣耀高高悬起，呈俯瞰众屋之势。

祖屋内部的地面，是由磨平的青石板铺成，随着岁月的履历，已是高低不平，有的地方已经裂损，扫地时，会不知从何处蹦出一小颗碎的石片来。但青石板的透水性和其本身的习性，使整栋房子很清爽。犹记得，我小时候常看见盛夏时节，父亲或母亲摊一张凉席在卧室的地板上午休，那种沁入肌肤的冰凉，让我记忆犹新。

不知从哪一年开始，祖屋被一分为四。走进大门，面向大厅，右边一间厨房、一间卧室归我叔家，左边一间厨房、一间卧室归我父亲，正前方屏风后一间厨房、一间卧室归我伯家。紧贴着我家卧室一墙之隔，有间十来平方米的房间，那是我爷爷住的地方。又不知从哪一年开始，我叔在他厨房的旁边辟了一间关牛关猪的小屋，伯父的猪圈牛圈则紧挨着他家的卧室，我家的猪和牛则关在祖屋前单建的一间屋子里，相比之下，算是最大的，尽管如此，仍算是祖屋的一部分。三家的饭桌不约而同地摆在大厅，各据一角，泾渭分明。记得小时候，我们扫地时，从未发生过什么争执。

吃饭时，就热闹了。如果开餐时间不同，没开餐的小孩就站在开了餐的那家饭桌前，咬着手指，眼巴巴地看，有时干脆端着一碗白米饭，瞪着那家饭桌上的菜看。于是，开餐的那家少不了叫他上桌一起吃，或夹几筷子菜给吃白米饭的孩子；遇到同时开餐，那就要看菜品了，如果谁家的菜不好，他家的孩子就会端着饭碗去邻家的饭桌上瞅，如果见到自己爱吃的菜，不说，也不走，等着大人问，问了才往前走两步，用筷子指着菜，讨要，样子看起来惹人怜。

　　我家三口人，叔叔家三个女儿一个儿子共六张嘴，伯父家七个清一色的女儿，加上伯父伯母共九个碗。我家的境况相对好些，所以菜品相对好点，于是，每餐饭的桌前都游弋着一两个"食客"，大多是从伯父家走来的。有一次，母亲私下说：伯父家的几个女儿有一半是吃我家的菜长大的。

　　祖屋里恒定的风景是爷爷。在我童年的记忆中，爷爷很少出门。他的三个儿子每月轮流着养他。吃完饭，他就坐在大厅里，摇着摇篮，帮带小孩。当月在谁家吃饭，他就带谁家的小孩，另外两家绝无怨言。爷爷跷着二郎腿，坐在大厅摇摇篮的场景，是我关于爷爷的最深刻的印象。不带小孩的爷爷总是躺在他那间漆黑的小房间里。饭熟了，一定要去叫唤。轮到伯伯家、叔叔家养他时，去叫唤的声音都比较大声，有时还夹杂着一句"死得躲绣房"之类的嘀咕。到了我家养爷爷，一定是我父亲亲自去叫，或者吩咐我去叫。父亲的和风细雨影响到了我，我每次去叫爷爷吃饭时，都是毕恭毕敬的。

爷爷的卧室在别人看来又阴又冷，而在我看来，却永远温暖如春。记得好多次感冒或肚子痛时，母亲没空照顾我，就把我抱到爷爷的房间，我往爷爷的床上躺，钻进爷爷的怀里睡几个小时，感觉很舒服。

爷爷很少说话，也只有跟父亲或者我时，才会多讲几句话。每天我从学校回来，如果见爷爷坐在大厅，便将书包往饭桌上一丢，陪爷爷聊天。

后来，爷爷病倒了，正是暑期，我几乎天天去看爷爷，那时的爷爷双脚已经肿得走不动路了，大小便都得父亲和我扶着。我至今仍记得很清楚，那是一个炎热的盛夏早晨，阳光像要把祖屋厚实的砖墙射穿，但爷爷的房间仍阴暗潮湿，没有一缕阳光。爷爷长长的身体，耷拉在一张破旧凉席铺成的木板床上，他的喉咙咕咕直叫，上气不接下气。两个多小时后，爷爷咽气了。接着，他的尸体被抬到了大厅——那是我在祖屋里第一次，也是最后一次历经亲人的去世。那一年，我开始像父母那样下田干活了。而且，每天在太阳下山之后，要先回家，将外出的鸭鹅赶回来，给猪喂食。爷爷下葬后的最初几天，母亲回到家，总问我：怕吗？我胸脯一挺，说：不怕。

日出日落，爷爷去世后，祖屋里的生活依旧。伯父依然逢酒必醉，有一次，他家的狗吃了他的呕吐物，醉得误坠入他家隔壁的村中水井里，淹死了。伯父伯母为此吵了一架，吵完后，将狗煮了吃，伯父又大醉了一场，伯母又跟他吵了一场。这次，伯父扬手打了伯母一个耳光，伯母却不敢还手，只是放声大哭。伯父脾气暴躁，他不但打伯母，还经常打他的几个女儿。伯父觉得没有儿子，在村里人面前抬不起头来。有一次，他的大女儿在辫子上系了一个小小的塑料球作为装饰，伯父要她取下来。大女儿不肯，伯父就冲上去，强行将塑料球扯了下来。

每逢除夕，是祖屋里最温馨祥和的日子。一大早，伯父或父亲会在大厅的一个角落里燃起一堆大火。大家吃了年夜饭，依次往火堆边挤。大人们脸上堆着笑，小孩们迫不及待地比谁的新衣裤漂亮。我没法跟他们比衣裤，就跟他们比鞋子。我们的鞋子都是自己的母亲手工做的，谁的针线活细致、结实，这个时候往往就能分出高下。但不管谁的好谁的歹，母亲们都不会生气，只是一声不响地，看着自己的子女笑。

伯父与父亲这时就给我们讲不知从哪里听来的传说故事。听了几年，我听出年年都是那两三个故事，但细节每年都有误差，于是，听起来就像不同的故事。相比起来，我们还是更喜欢听叔叔当兵的故事。他跟我们讲，他坐着专列去过前线。他说他参加了电影《南征北战》的拍摄，我至今仍不知道他有没有吹牛，反正，我看过不下十遍《南征北战》，就是没看到叔叔的身影。叔叔说：你看得清我吗？好几万人参演，一齐往前冲锋，一闪就过去了。这话我信，于是，我就认为叔叔参演过《南征北战》，这让我很羡慕。

不管故事真假，烈火熊熊，柴火烧得噼啪响，火星四溅，三户人家十几口人围着火堆，其乐融融。

　　祖屋里还在添人。伯母仍要生，但仍是女儿。最后一个女儿刚生下来，伯父酝酿着要给我做妹妹。因为他的弟弟也就是我父亲，有了一个儿子以后，我母亲的肚子就一直未见动静。现在想来，我伯父肯定找我父亲认真谈过，祖屋的气氛更加压抑。不知我父亲和母亲当时是怎么想的，总之，没有了下文，我终究没有得到一个妹妹。伯父的最后一个女儿长到两三岁大时，有一天陪伯母去池塘边洗衣服，伯母事后回忆，她就是起个身，去十来米开外的竹竿处晒了五六件衣服，回来时，就发现意外已经发生了……。伯父的最后一个女儿，就这样，在祖屋里匆匆地生活了两三年就离开了这个世界。伯母黯然说：或许，她就不应该来这世上走一遭……

　　祖屋里的人，有去了的，也有来了的。几十年前的一个上午，我的堂弟陈亚民出生了。陈亚民是叔叔的第四个孩子，叔叔前三个孩子都是女儿，陈亚民的出生圆了叔叔想要一个儿子的梦。

　　陈亚民的出生却为伯父伯母之间的战争浇了汽油，因为他们只有女儿没有儿子。此后，伯父更加迁怒于伯母，伯母更加迁怒于伯父，他俩之间的言语像小孩互玩弹弓，彼此的子弹射向对方。

　　后来，听说迷信的伯母去求了"仙婆"。但这明显不可能有效果。此后，伯母又一度对伯父说要搬离祖屋，到外面去住，在她迷信的思想里，祖屋可能是被下了咒。可伯父说：要搬也是我弟他俩搬。我为大，祖屋应该我来住。我没有儿子，为什么要搬？搬去哪？难道要建新房？到时女儿们都嫁出去了，建了新房将来给谁？伯父铮铮之言，振振有词，说得伯母哑口无言。

祖屋大厅横梁上的小燕子，其住了一春一夏的巢穴开始有零星的碎屑剥落下来。有一两只小燕子的声音好像有点悲戚，我不知道，有没有小燕子飞离祖屋后就再也没回来？它们有的长大了，是不是单飞了？有的产生矛盾了，是不是就不想回来？有的出去觅食后出现了危险，再也飞不回来了？……曾经的梦境遗落在祖屋厚实而有点霉变的旧墙上，日月起居，太阳照在屋顶上，各人的心思如月亮，挂在树梢。

伯母赶着鸭子迈过门槛之后，伯父扛着犁耙走出家门之后，叔叔的泥腿踏出石板之后，婶婶将一天天长大的陈亚民唤到饭桌前之后，父亲肩负的锄头倚靠在屏风上之后，母亲揪着我的耳朵走进厨房之后……多少个日子之后，我们的曲调开始不在同一个节奏上？或许，我们的曲调本来就不在同一个节奏上？我说，树与根和枝与叶的关系有谁能听见？明天呢？我问独自巍然静穆的祖屋：我们是否还能将你装点成热闹和睦的乐园，横挂在现实与梦境的蓝天？

寒来暑往，四季分明；万物流变，事事皆休。突然有一天，祖屋里安静了。夜晚，母亲躺在床上，对父亲说：你说他又没儿子，要那银项圈做啥？父亲说：谁让你手气差，没抓到。母亲便不吱声。我知道，三兄弟正在瓜分祖上留下来的最后一点东西了。原来，爷爷生前说好的放在父亲那里，交代哪一天，三兄弟住不到一块，或者谁建了新房要搬出去时，就拿出来分掉。

我家以抓阄的方式得到了一把茶壶。只可惜搬家之后，在新家里用了两年就摔烂了。现在想来，那应该是明清时代的祖上留下来的。

最后，只剩下搁在楼上的一台踏织机没人要了，那是奶奶在世时用的。据说，奶奶比爷爷早去世十几年，她的很多故事，是爷爷生前对我讲的。

爷爷对我说：奶奶生前织了好多纱布，给你爸你伯你叔你小姑你妈你伯母你婶做被单做棉夹衣。爷爷这样说时，我眼前仿佛看到奶奶在祖屋的大厅里架起一台踏织机，她的手中变戏法似的从踏织机中抽出一根白白的、细细的纱线来。爷爷还说：奶奶纺好的纱线还要拿到别人家去织成布。布织成了，还要染。碰到染布的来了，奶奶便三步并作两步，颤巍巍地跑到家中，把一捆白布捧出来染。

染布我倒是见过几次。一个大铁桶，往里面倒水，用柴火将水烧开了，再往水里倒颜料。那时的染料颜色很单一，多是黑色、灰色。红色，算是流行色，被我们称为是富人家的颜色。听爷爷说，奶奶总是将白布染黑，说黑色禁脏，穿着好干活。布染好，可以做衣物穿了。奶奶在年底便忙着到邻村去找裁缝，请到家里来，做上几天。家里每人只能做一身。爷爷最后说：你奶奶走的那天，躺在棺材里，身上盖了三层她亲手纺的纱线织成的布。

到如今，五十来岁的我，深深地知道：奶奶纺纱织的布是最结实的，一根一根的纱线，想拆都拆不出来。如果认真闻一闻，一定有汗水和阳光的味道，能伴人成长，让人难忘……只可惜，那架踏织机谁也没要，就那样孤寂而可怜地被丢弃在漆黑的楼上。后来，与一场大火同归于尽了——当然，这已是后话。

祖屋虽然坚固，但也有不安全的时候。三户的鸡舍都是建在祖屋大厅里，在靠近各家饭桌旁的角落。虽然养了狗，但狗总有偷懒溜出去闲逛的时候，偏偏狗洞又留着以便它回来，这让狐狸、黄鼠狼钻了空子，钻进来窜到笼子里叼鸡。有几次，我见到母亲在听到鸡的惨叫后冲到大厅，但为时已晚，狐狸或黄鼠狼将鸡叼走了。第二天白天，母亲一边骂可恶的狐狸或黄鼠狼，一边嘀咕着养狗的伯父和叔叔家没及时唤狗回来，堵住狗洞，白白损失了一只鸡……如此几次，情况依然，母亲便开始骂了，说设计不合理，为什么要在大门一侧掏个那么大的狗洞呢？有几次，母亲说要用石灰或水泥将狗洞砌死，但父亲怕得罪兄弟，拦住了母亲。母亲便开始埋怨这么多人共住一屋的不好，说总要将就对方。

祖屋里还不时发生惊悚的事情。有一次村里放电影，看完电影，我们扛着凳子回来，突然听到堂姐一声惊呼，说踩到蛇了！

我们连忙点着煤油灯在饭桌下寻看。果然，一条足足有一米长的大蛇盘踞在饭桌下。所幸是一条无毒的菜花蛇，如果是眼镜王蛇或其他的什么毒蛇那就惨了。

还有一次，我看见有小麻雀在祖屋的侧墙墙缝里筑巢，便一时兴起，架着楼梯，去掏鸟窝。但手伸进去，却摸到了一团冰凉凉、软乎乎的东西。我连忙抽回手，去叫大胆的陈年秀来，他从墙缝里掏出一条菜花蛇来，这让楼梯下的我吓出了一身冷汗。

据说，我家与堂伯陈接儒家是村里最早一批买收音机的家庭之一。我家的收音机放在衣柜的最里层，也只有在夜里睡觉前，父亲才会拿出来听听。那时，二舅尚单身，没事时，就到我家来。他来我家不为什么，就为听收音机。他知道我家的收音机放在什么地方，也不客气，直接闯进卧室，拉开衣柜门，伸手往里面摸。

二舅听收音机比父亲还着迷，一听就是一两个小时，将所有的台拧了个遍，还舍不得走。有一两次，他甚至提出要拿回去听，被我父亲和母亲坚决拒绝，才彻底打消了此念头。有一次，二舅听完，没把收音机放回衣柜里，随手放在床头柜上。床头柜就在窗户下，晚上，父亲临睡前照例想拿出收音机听几十分钟，发现衣柜里没有收音机。第二天，他跑去问二舅，当他听二舅说收音机是放在床头柜上，就意识到是有人从窗户外"顺手牵羊"了。为此，父亲郁闷了大半年，二舅再也不敢来我家玩了。

父亲与母亲合计，一定要建新房，从祖屋里搬出去！没钱买砖，就自己做泥土坯；没钱请人工，就自己干，挖地基、平地面。有一段时间，父亲从田里忙完，就往宅基地上走。

经过近两年的努力，我家第一个搬离了祖屋。虽然离开了祖屋，但我仍觉得祖屋好玩，因为那里还住了好几个我儿时的玩伴呢。所以，最初的三四年，我经常去祖屋玩，直到上了初中。

祖屋越发苍老破旧，连叔叔也嫌弃了。六年之后，叔叔在祖屋前面建了新房，且是青砖墙、水泥平顶的两层结构，将祖屋彻底挡住了，祖屋只能低矮地蜷缩在背后。叔叔将在祖屋的地盘改成了杂物房，将旁边辟的那间关牛关猪的小屋堆满了稻草。再后来，叔叔的儿子陈亚民在浙江温州做化妆品生意，稍有积蓄，建了一幢三层的楼房，又在县城买了一套房子。婶婶本来不想搬出两层的房子，说新建没几年，但拗不过她儿子，便搬到了三层的楼房里住。陈亚民一年难得回去几次，平时，都是婶婶带一个孙子、一个孙女，守着那幢楼房。

一九九三年，叔叔的二女儿在小屋的稻草旁燃烧秕谷，不慎点着了稻草，瞬间，小屋成了一片火海，并且一路蔓延，很快殃及伯父家。所幸伯父家抢救及时，将值钱的东西搬了出来。只是，放在楼上的两具棺材烧成了灰烬。为此，伯父与叔叔两家的关系一度陷入了僵局，两家人将祖屋被毁一事搁置一边，只就棺材的赔付争执不休。

当年，我已到南宁工作，父亲也已去世两年了。这一切，是我年底回去过春节时，母亲告诉我的。我没有兴趣去了解那些，我只迫切地想去看看祖屋。

祖屋的架子尽毁，但地基尚在：不足一米高的残存围墙，第一次让我看到了祖屋的整体面积。祖屋里我家曾住过的那一边还在，因离着火点够远，或扑救及时，幸免于难。但因为前后左右没有了屏障，完全裸露，加上经秋冬两季的风霜雨雪摧残，像个年迈的妇人，颤颤巍巍，站立不稳了。

揭开岁月的痕迹，没有了人声，没有了犬吠。站在祖屋的废墟上，记忆在时间的沉沦中持续发酵。参差错落的砖瓦、灰烬锈蚀的断梁，生命的意义和亲情的宽容，全部掩埋于废墟之下了。我知道，即使童年再多的小蟋蟀，打造出了再多的小钉子，也修补不了仅剩的那几扇烂门窗，祖屋孤独地躺在草野之中，断墙上葱郁的苔藓和荒草，饱吸着废水，祖屋在散发着凄凉。

发誓一辈子绝不离开的伯父迫于无奈，也不得不离开祖屋了。他做梦都没有想到，会在年届七十之时居无定所。最后，还是村干部伸出了援手，把伯父伯母安置在村委闲置的一幢低矮的屋子里，屋子有厅堂，两厢有偏房，可作卧室、可作厨房，旁边还有一间杂物房，虽然没祖屋厚实，却比祖屋宽敞明亮。

我们终于都离开了祖屋，有的永远地走了，有的主动地离开，有的被动地搬离，有的是长大了飞离，有的是畏惧了逃离——我大概属于最后一种情况吧。从小，我表面上依恋祖屋，实际上厌恶那里的灰暗，我甚至厌恶祖屋外的田地。最后，我连父亲新建的房子也背叛了，毅然离家出走，在外闯荡。后来，堂弟有一次打电话找我商量，说伯父伯母年事已高，不可能在祖屋原址上再建新房了，但如果没人建，将来要么被掩埋，分不清地属；要么充公，归村里集体所有了。他问我：是不是合伙在上面建一幢房子，预计四层，每人用两层……我听后，拒绝了。

如今，父亲与叔叔已去世几十年。伯父也在多年前走了。如果说时间是空间的绵延和继续，那么，我们也终将成为时间的影子。感谢祖屋，脚步再远，也让我看得见坚实的残垣，握得住有限的回忆……

县城飞奔

1

人在婴儿时期大多是借"口"了解外部世界的，我也不例外。作为一个土生土长的村里孩子，关于世界上最美味的苹果，是与外面的世界——县城有关的。

苹果，粉红色的苹果，普通的苹果，却给我青涩的童年带来了香甜的记忆。那是我童年第一次有了一种"外来"的味道，那是一种来自神秘远方的味道，那个地方开始漫进童年的我的心房，我开始有意识地记住了那座唤作"永丰"的县城。那天，我站在家门口，看到外婆肩搭一条被汗水浸透的旧毛巾，稳稳当当地迈进我家的门槛。外婆说，她逛县城回来路过这里。外婆来不及坐下来，在我爷爷的注视下，从挎着的小竹篮里掏出一个圆圆的东西来。那是我人生中第一次见到苹果，那个苹果来自遥远的县城，那个来自县城的苹果让一个五六岁的小儿郎记住了来自县城的第一种味道。

幼小的我认为，县城是那个离我村庄很远很远的地方，那个凭我的小脚永远也走不到的地方。但我从此记住了那个从县城带回来的美妙味道。

后来，我记住了，也分外留神父母的行踪，我时不时能听到他们在哪一天会突然说：今天去当街。"当街"，是去县城的意思。那时，只有县城才有"街"，"街"是想有多远就有多远、想有多好玩就有多好玩、想有多少好吃的就有多少好吃的地方。去当街的父母果然会每次带一些东西回来，"一些东西"中大多是能用的东西。每次父母把从县城带回来的东西一件件清出来，会不知从哪里掏出一根油条、一块油饼或者三四颗糖果来，他们也不逗我，而是直接放在我手上，这只是他们从县城回来后对我表示的一点点"小意思"，是顺带捎回来的。而对于我，那一点点"小意思"，却是当天生活的全部"亮色"。

有一次，爷爷去县城"当街"回来，他把竹篮放在饭桌上，然后冲我神秘一笑，再去小心地揭开盖在篮子里的毛巾。爷爷脸上的笑意慢慢凝住了，他自言自语：我没离开那里呀，我没离开篮子呀……我凑过去看爷爷的竹篮，上面躺着一根扁平的小木片。爷爷将那块小木片在我的额头前一画一画。他的问话像一缕一缕急骤的风掠过我的额头：你你你偷吃得那么快？我愣愣地看着那块小木片，实在不明白爷爷说的是什么意思。

若干年之后，我才知道，在当时的六月天，从相距八九里的县城买一根冰棒回家，是一件多么冒险的事情。而且，我后来才知道，当时爷爷不晓得：冰棒在太阳底下是会融化的。一根冰棒的融化，让我渐渐对时间与距离产生了概念，对那座县城离我们村有多远，走路要多少时间有了深刻的印象。

那时的我认为：凭我小小的身躯和脚步，我不足以走到县城，但县城有苹果、有油条、有油饼，还有糖果和冰棒。我开始回应父母去县城的行动，比如我会喊"我也去"！他们不让我去，我会板着脸不高兴，或者干脆哭鼻子，甚至赖在地上不起来。这些招数在母亲那里丝毫不起作用，在父亲那里却立竿见影。虽然父亲也不是很愿意带我去，但他心软，我就可以大胆地跟在他后面。起初是破涕为笑，一路小跑，以证明自己完全有能力走到县城。但跑着跑着，便没力气了，连走都走不了。去县城的路好遥远啊，路旁的一棵棵小松树，怎么往后走动得那么慢呀？小溪里的水，一路哗啦啦地嘲笑我。连路边的野花都摇头，劝我"别去别去"。我拉着父亲的手，要父亲拉着走，接着，是拉着父亲别走。可父亲偏偏要走，而且要走快一点，父亲不想被我拉扯着，便索性蹲着身子，低下肩膀说：来，骑马！我就战战兢兢地跨上去。

想想，那时进城真是威武啊，像攻城拔寨的元帅，威风八面地进了县城。县城人真多啊，街道真宽啊，房子好高啊，东西好多啊，地方好大啊。我两只眼睛不够用，恨不得长出四只眼睛、八只眼睛、一百只眼睛来。但我还是一眼就认出了油条和油饼，我一声声尖叫，随之将父亲头上的黑发揪得更紧了。父亲一边啧啧地叫着，一边艰难地弯下腰，问摊主价钱。我第一次知道了油条多少钱一根、油饼多少钱一个。但五分钱对于我是巨款，巨款只有父亲掏得起，而我，那时身无分文。父亲会一边努力地平衡身子，一边将手放进两边的口袋努力地翻动，掏出几枚硬币，买下一根油条或一个油饼。如果更奢侈一点，会在县城中心新华书店旁的一家小摊上吃上一碗一毛五的米粉，吃了之后，父亲会叮嘱我："回去不要告诉你妈呀。"这时，往往是父亲进了旁边储蓄所领了利息之后，因为母亲不认识字，领了多少利息，她不晓得，父亲就可以从利息中抽取几毛钱，偷偷打牙祭。

每隔个把月，父亲会带我去县城一个叫"直街"的地方理发。理发的地方是国营理发站，两排大大的椅子，足足有十来张。理发的师傅统一穿着白色大褂，像医院的大夫。爸爸好像与那里所有的师傅都熟，他们见他进来，都大声地喊他的外号，热情与他打招呼。手上有活的，明显加快了速度以期能抢得理父亲的头发。有时父亲只让我理，当然，有时我们两个人一起理。尽管理发师们都很和蔼，动作也很轻柔，但我仍很怕，我怕洗头，低着头，拧开水龙头，水很凉，凉意从头上一直窜到心脏，我手脚打战，受不了，我会"哦哦哦"轻叫，希望水马上停下来。

直街理发店的斜对面是梭罗巷，巷子里住的都是老县城人，姑姑家也在那里。尽管我们时不时去县城，却很少去姑姑家，只在过年时去她家做客。姑姑家很小，两层，每层约十来平方米，一楼一个灶台、一个碗柜、一张饭桌，就挤得满满当当了，连凳子都是塞在饭桌下面，吃饭时才拿出来；楼上摆着两张床，连尿桶都放不下，只能放在一楼楼梯下面，每次吃饭时，骚气熏天。我们春节去她家吃饭，都是匆匆忙忙吃完，匆匆忙忙回去。可有一次我到姑姑家舍不得回，我想跟表哥表弟表妹玩，特别是天黑了要他们带我到附近的河湾百货商场旁的剧院看戏。

戏是采茶戏，叫《血衣冤》，我那天一定要看这部戏。于是，我在吃饭时假装喝了两口酒，假装醉了，走不了路了，我在姑姑家的床上睡到天黑，睡到爸爸他们都回去了，我才起来，在表哥表弟表妹的带领下，偷溜进戏院去看戏。看完戏回来，我们四个人挤在一张床上聊天，我激动、新奇、骄傲，一个晚上都睡不着。

日子一天天地过，从村里到县城还是那条路，只是，我不再"骑马"了，我能自己一口气从村里走到县城。我不用跟着父母，他们也放心我去县城了。我也不会再缠着父母，哭着闹着叫他们带我去县城玩。

我有很多方法去县城。我可以跟村里一个叫陈建友的小伙伴一起去。我们将平时翻箱倒柜或偶尔在家小偷小摸收集的一两枚硬币积攒着，用作去县城的理由与资本。我们渐渐不再痴迷买吃的，天气再热，我们都舍不得花两分钱买一根冰棒。我们在电影院的门槛上一坐就是半天，在连环画摊上看连环画，每本花一分钱，偶尔能花一毛钱去看场电影。我记得与陈建友去看了《智收姜维》《先驱者之歌》等。有一次回家晚了，到家时，天都黑了，母亲气得将我绑在楼梯上狠狠地打了一顿。

虽然挨了打，但我仍痴迷于到县城去看连环画和电影。那座叫"永丰"的县城，从此与连环画、课外书和电影联系在一起了。

我在县城新华书店买的第一本连环画是《文成公主》，但不觉得特别好看。之后，我买的连环画内容就比这精彩多了，要么是枪战，要么是武打，像《铁道游击队》《南征北战》《武林志》《少林俗家弟子》等，那些打打杀杀的情节，让一个年幼无知的少年肆无忌惮，也让父母担心死了。

不知哪一天，我在县城新华书店买了一本小学生作文集《两只小辣椒》，我将作文集拿到村里卫生所医生陈建国那里去炫耀，他用钢笔在书的扉页写上了我的名字，我有了第一本以自己的名字宣告所有权的书。那本书里的作文成了我小学时写作文的范本。

后来，我读了初中。初中的学校在潭城乡圩镇上，离村里约十里路，我只能在星期日回到家后，再去县城。星期日回到家，我有时会去村外的田里、沟里、溪里捉泥鳅。回来把泥鳅放在缸里先养起来，隔两个星期，达到一定重量，就拿到街上去卖，所以县城就成了我挣取初中学费的地方。那时，我去得最多的地方是县城的菜市场。我成了一个商人，但我不是一个斤斤计较的商人，我大多数时候会不耐烦，便以少于别人的价格，将泥鳅提前卖掉了。卖掉了泥鳅的我往往会先去新华书店买一两本课外书，带到学校去读。

伯父的几个女儿一直把我当成小弟，往往是在暑假，我会与她们一起去村前的山里摘野果，然后拿到县城去卖。她们会认真地将野果洗干净，认真备好秤，一毛钱一斤，将野果卖出去。我同样没太大耐心，便想出了一个懒人的法子，就是带上一个热水瓶盖，一盖野果两分钱。这样却比她们卖得多，我也省心了不少。

2

读三年初中后，我没考上高中，便转到佐龙中学去补习。佐龙中学在县城郊区灵冈镇上，离县城约三里路，一条沙石子马路延绵到县城城区。每个星期，我回家、回校，都要经过县城城区，也要经过县邮电局的报刊亭。报刊亭由一名县邮电局职工承包，他一家三口轮流着在报刊亭里卖报刊。那已是二十世纪八十年代末九十年代初了，也正是报刊盛行、人人阅读的年代。报刊亭里的报刊真多呀，我正是从那里，买到了《辽宁青年》、《黄金时代》、《少男少女》、《金色年华》、《读者文摘》（现改名为《读者》）、《青年文摘》、《连环画报》、《大众电影》、《电影故事》、《电影之友》等期刊。我的眼界因为县城那家不足二十平方米的报刊亭，远远地越过了县城的上空。我再也不觉得这座县城大了，至少不会觉得它是大到无边的。我觉得它只是存放在我内心的一块地，其中的一块而已，最重要、最依恋的一块而已。那家报刊亭在我心目中的地位大过了我的村庄和我的学校，我将父母每个星期给我的伙食费节省一些下来，去那家报刊亭买书，我至今仍记得报刊亭里那位清瘦的中年男子敦厚的笑容，和他妻子温暖的提示，以及他们梳着长辫子、皮肤白皙、略带羞涩神情、文雅安静的女儿，他们是我对于那个时代最可贵的记忆。报刊亭外梧桐树高高大大，阔叶遮天，阴凉一片，特别是盛夏之时，绿意葱茏，像无数宽大的手掌在风的鼓动下热烈鼓掌。

放假的时候，只要有一个礼拜没去那家报刊亭，我的心便没了着落，我便要骑着自行车去那里找"心"。特别是暑假农忙之际，我每隔两三天，便要利用午饭后与下午上工之间的个把小时，骑着自行车去报刊亭买杂志。我熟知十几种杂志到达的准确日期，那是一个个美丽的约会，没有它们，我的生活就仿佛失去了意义。如果我没去，是父亲去县城时，我会将想要的杂志写在一张纸上，要他交给报刊亭里的人。几次下来，他们全家也认识了我父亲，父亲有时会将拿到县城卖的蔬菜瓜果，留下一些，送给报刊亭的主人。

在距离报刊亭十来米的斜对面，是"永丰县电影院"，六个舒同体的红色大字，高高地镶在墙壁，被一张张电影海报包围。我到佐龙中学读书，学校虽然不是在县城，但离县城也算很近，我每次去县城除了买书，就是去看电影。

后来，补习一年后，我以五百一十二分的总分考取了佐龙中学的高中部。读高中前两年，我完全放松了，看课外书、看电影更多了。到了高三，我觉得自己的学习成绩实在太差了，考大学肯定没有希望。我在当时那种紧张得有点窒息的学习环境中，实在顶不住了，总是想要脱离那种环境，方法之一，就是逃课去看电影。我偷偷地将座位换到了靠门的最后一排位置，趁老师板书时偷溜出去，有时晚自习也不上，骑着自行车跑出校园去看电影。

郊外的马路，两边是田野，一望无际的田野。风，一路狂野，从目之最深处，悠悠吹来，清新凉爽。沙石很细、很薄、很松、很软，车胎辗上去，沙沙作响。耳畔的风给了我自由，路尽头的热闹给了我冲动。骑得快时，往往七八分钟便可到电影院。电影院有里外两扇大门，进了大门，最里面有左右两扇小门，小门的上方各写着"单号"和"双号"，电影院里的座位分着单号、双号，从中间往两边分，一边1、3、5……，一边2、4、6……。

那时进门几乎不检票，因为那时根本不可能有空座位，观众进场只要找到自己的座位就可以了。

灯一灭，影院里工作人员手中拿着电筒四周巡睃。一是为晚进场的观众找座位，二是驱赶那些站在走廊上没买票的人。如果哪个观众讲话，或者手脚放的不是地方，一道雪白的手电筒光便直射过来，同时，工作人员会口头提醒对方注意言行。

那时的电影院，是县城唯一的电影院。那是中国电影十分繁荣的时候，看电影是在县城的人最集中的节日狂欢。后来，我从彼地的电影院的命运，猜想县城那座电影院的命运。再后来，听说那座电影院要拆了，因为没人看电影，人人喊着要挣钱，人人喊着要到县城来买房。那座矮小的建筑在周围楼盘嘲笑的眼神中轰然倒塌，我心目中最宏大雄伟的圣殿不复存在了。现在，一座"地王大厦"在原址巍然屹立。从它门里鱼贯而出的人，也是一个个"观众"，不过，与我们那个年代的观众截然不同了，他们的眼帘曾经张挂过电影的幕布吗？我不知道。

高考前，我被取消高考资格后，直接回到了那个叫"舍陂"的乡村，挑着簸箕就上了工地，去做身为泥水匠的堂姐夫的小工，在潭城乡粮站工地上拌砂浆。

县城仍以唯一的"精神"代名词存在于我的心里。那时，堂弟陈小平在县邮电局做了一名邮递员，刚好负责我所在的乡镇片区。他每天下午都去县邮电局，将第二天要送的报刊领回来，在家里分好，第二天一大早，骑着自行车去各个村委会，将报刊信件送完。每天下午，只要我有空，就会到他家里，将他第二天要送的报刊粗粗读完。有很多时候，我能收到一些信件，有的是读了我发表在一两家小报上的"豆腐块"，知道我地址，请求与我交友的信件，有的是我发表的"豆腐块"样报的信件。那些来自全国各地、汇总到县城的报刊与信件，让我在农忙之余，有了某种寄托与惊喜，也让我每天充满期待与念想。太阳悬在空中，一动不动，手中或肩上的劳力不堪重负，唯一的抚慰来自县城，当我累得实在顶不住时，它是我急急奔赴的"圣地"。

这个时候，除了报刊亭，另一个阅读之所，便是县图书馆，那里摆放着很多报刊。也就是在那里，我读到《中国青年报》上的一则新闻，知道了广西大学作家班招生的消息，我不知天高地厚，给当时的广西大学校长陈光旨写了一封信，表达了我想去那里读书的决心。回信刚收到，我还来不及欣喜若狂，父亲就因为肺癌，住进了县中医院。

那是一九九一年底的事。我在医院里陪护父亲将近一个月，他的病情仍没有好转，只好到南昌去复查、治疗。陪护的那段日子，县城是一块伤心地。每天为他交医疗费、为他打饭、看着他输液瓶里的药水输完然后通知护士，除了医院那间病房与走廊，我没去街上闲逛过。天空阴郁，行人匆匆，我恨自己没得到命运的垂青，成了天底下最不幸福的人。

父亲养病在家期间，我万般无奈之下，寻遍民间偏方，到县城为父亲买药：半枝莲、白花蛇舌草……药店里的医生接到处方，神情马上严峻，不忘追问一句：确定按处方上开药吗？村里的赤脚医生陈建国告诉我一个民间偏方，说蟾蜍粉末调酒服用，对治疗肺癌有很好的作用。我问哪里能找到蟾蜍。他说天保村有很多。天保村在县郊，毗邻永丰县工人文化宫。

父亲吃了蟾蜍粉末，病情却丝毫不见好转。亲朋好友中有为我着急的，说趁我父亲健在，赶快为我说一门亲，好让父亲走得放心。有一个叫曾中华的初中同学，极力撮合我与他村里的一个女孩相亲。相亲地点选在工人文化宫旁。可惜，那时我对那个女孩一点感觉都没有，匆匆见了一面，讲了三四句话，只有两三分钟，便急急告别了。曾中华问我：如何？如果有感觉，马上恋爱结婚。他还透露：那个女孩早认识我，也知道我家里的情况，但她不在意，愿意与我谈恋爱。我很感激她。工人文化宫旁的那棵香樟树，见证了我人生第一次与女孩子约会的情景。虽然后来我再也没有与那个女孩见面，但那晚透过香樟树叶倾泻下来的点点灯光，是那么的浪漫。县城见证了我的异性情感。我觉得，只有在那种地方，才配得上谈一份真心的爱情。

3

后来，我回到县城，每次都会凭着感觉，按着记忆，在县城走走。

我一般是从桥南进入县城的。桥南，在县城的部分亦叫"东湖"。二十世纪八十年代至九十年代，东湖是永丰的工业区，建有化肥厂、麻纺织厂、皮革厂等。每个工厂机器隆隆，进进出出的男男女女皆有一个令我望尘莫及的身份："工人"。在佐龙中学补习时，班上有个同学叫袁举为，他一亲戚在县化肥厂上班，我羡慕不已。一天晚上，他居然骑着自行车，搭我到他亲戚家玩。长驱直入，进得厂里，但见厂房宽阔，连两旁梧桐树上绑着铁丝，铁丝上晒着衣物，都让我像见到了旗帜般激动万分。上了宿舍楼，找到他亲戚住处，也就是一间约二十平方米的房子，那天，他的亲戚不在房间，说正在上夜班。

"上班""上夜班"——多么令我神往的词语！那时我觉得，

自己这辈子恐怕都无法与这两个词语沾上关系，那是我可望而不可即的另一个世界。我还记得村里有个姑娘，通过她县城亲戚的关系，在麻纺织厂谋得一份临时工的工作，每当看到她打扮得干净洋气蹬着自行车去县城上班，我就觉得她是村里的"另类"，她与县城有着如此紧密的关系，是多么令人垂涎！至于我堂叔与另一位叔辈人，退伍后分别被分配到县邮电局和县机械厂工作，在方圆五六里，也算是凤毛麟角。特别是堂叔，连上下班的交通工具——自行车都是专配的，全国各地都是相同颜色、相同款式。他被分配在局里的农话股工作。二十世纪八十年代，固定电话安装方兴未艾，先是各个单位安装办公电话，再是每家每户安装住宅电话，听说安装电话要排队半年多，可想堂叔的工作有多受欢迎。那时，他会叫村里同家族的人去县城帮邮电局做事，比如扛电线杆、立电线杆、拉电话线，我将他们的活一律看作是去县城工作。堂叔的儿子也因父亲在县城工作，上学一直在县城。特别是，他初中、高中都在县重点中学——永丰中学就读。我有时会很拘谨地去看他们在单位住的房间。房间里整整齐齐，一尘不染，看了让人更加拘谨，局促不安，不知该坐在哪里，同时，又有一种敬畏之心，觉得房间里有一种不可触摸、触不可及的威严。我身在其中，却与之有一种天然的"隔膜"，仿佛随时都会被驱赶出去、抽离出去。

我仅有的几次进县城到那些厂里近距离参观，亦有这种心理。记得在潭城中学读书时，学校组织全体师生参观化肥厂、麻纺织厂和皮革厂，那是一种"刘姥姥进大观园"的感觉，我们都不敢讲话，只是睁大眼睛看，在那些轰轰作响的机器面前，我局促不安而又万分好奇地打量着这眼前的一切，仿佛那包含着我理想生活的一切。

从东湖方向往县城城区继续走，地势越来越低。马路两边是稻田，稍微下场大雨，稻田与马路就被淹没了。我在佐龙中学读书，有一段时间骑自行车走读，在雨水多的季节，常常要挽起裤脚，扛着自行车，蹚着水走到供电局门口，到了正街，地势高，街道才没被淹没。

有一年，我家杀猪，我与父亲用大板车拉猪肉到县城卖，适逢下大雨，雨从我们走出家门就一直不停地下，父子俩衣裤尽湿，大板车上的猪肉也因为遮挡不严而血色全无、苍白惨淡。我们将猪肉拉到县城菜市场，天还没亮，菜市场没有几个人，父亲冷得实在不行，只好脱掉所有衣物，拧干雨水，重新穿上。他鼓励我也这么做。闪电之下，我觉得我们就像两头被去了毛的猪。卖了一天，我们带着剩肉，连同我们裹着半干衣服的身体，一步一步离开县城。回到村里，免不了母亲的责怪，因为家里实在没有必要吃那么多肉，因为家里实在缺少建房用的、必要的现金。在县城的菜市场，在雨水的浇淋下，我体会到了捉襟见肘的窘态。在富足的县城里，不论物质，还是精神，我觉得自己永远是个贫困的农村孩子。

于是，记忆再次呼啸而至，我记得小时候在永丰饭店吃过一次饭。依稀记得其古旧的门面，高大、威严，在里面吃饭的都是有钱的人。是父亲带我进去的，他拿着特供饭票——饭票是特供给大队书记的，大队书记在县城开会，发有永丰饭店的饭票。大队书记提前回村了，将最后一餐饭票省下来，送给了父亲。第二天早上，父亲带上我，还有那张饭票，进永丰饭店领到两个菜（一荤一素）、两碗饭。我与父亲，一人吃了一碗饭。米饭香喷喷、干爽爽，那是我第一次吃到那么好吃的米饭。

亚里士多德在《政治学》中说："城市是由各种不同的人构成，相似的人无法让城市存在。"我印象中的县城无名却很大，生活在其中的人可以随心所欲变换身份，只有在村里的我，身份仿佛无法改变。此后，没能参加高考的我，以一个悲观绝望的旁观者身份，羡慕地打量着生活在县城的同学的命运。他们有的如汽车的喇叭声，只叫了一声，便淹没在一片喧嚣之中；有的考上了县城以外的大城市的学校，如一只大鹏，振翅一飞，从那里起步，翱翔到了更大的地方；有的在不远的吉安市读了师专，转身又回到了县城，只不过，这次由学生变成了老师——不同学校的老师，分散在这座县城的东西南北……

每次在县城走走时，总能在街上遇到一两张熟悉的脸庞，他们会主动问起我生活的近况，他们脸上洋溢的是所有城里人的自豪。每每这时，我反倒羞于说出我也是在城里生活，即使说出，他们也会立马想到"打工"二字。因为他们都知道，我是一个连高考都没能参加的人，我奔向南宁市时正值全国第一轮"打工潮"的时候，我自然而然被不可避免地烙上了"打工"这个印记，何况，当时我真是羡慕他们在这个县城有一份安稳的公职，有一份安稳的收入，而我，是远离母亲漂泊在外的游子。

逝者如斯夫，往日不可追。逆转的时钟只能表示昨日的愿景，永远不可能弥补什么。在作家奈保尔那儿，印度对他而言，大概就是童年生活的米格尔大街。而对我而言，县城的最初记忆，如今被东湖花城、东方名城、世纪花园、鑫丰宾馆、皇朝酒店、凯旋门大酒店等取代，它们如一颗颗新鲜而闪耀的明珠，点缀着这座熟悉而陌生的县城。那些过往的人与事，只能成为行将老去的人相遇、相见时的一两声嗟叹，徒增几许感慨而已。当路过一些单位，一些街道，知道其中有我曾经很要好的同学，我会真心地祝福他们，脸上甚至有淡淡的荣光。

眼前的永丰县城，老城区老旧拥挤，新城区不断在开发。如今，看着郊区的聂家村与县城连成了一片，不可分割地偎依在一起，想起几十年前，我首次去省城南昌的前夜，借宿在聂家村的堂姐家，时值清明前后，枕着蛙声及马路上车辆呼啸而过的声音，幻想着终于能去一个比县城更大的地方，竟一夜难眠。

晚年的博尔赫斯双目几近失明，但他仍爱在布宜诺斯艾利斯的街头一遍遍徘徊，他在一首叫《街道》的诗中写道："那些寂静的街巷 / 隐形于习惯的力量……"我少时印象中的县城欢欣雀跃，长大远行的身躯越来越轻，身后送行的人越来越老，县城却越来越年轻——这就是隐形于习惯的力量？或许，是隐形于时光的、不可逆转的力量？

不管是少时感受中的县城，还是现在返乡后感受的县城，我总是觉得，我是一名梦游者，县城每一条街道是我最好的人生的精神向往。每一个橱窗、每一个店铺、每一个摊位和每一张脸庞，都成了我观照自我、参照外部、对比其他的窗口或镜子。二〇一七年四月一日，我在跃进路上逛，突然，身后传来一声清脆的叫唤。叫唤的是我的外号，村里人才知道的外号。我本能地转过身，一位穿着花毛衣、黑色踩脚裤的老年妇人迎着我的目光走过来。我们彼此探寻着脸上的表情，我看着她，急速回忆，确认后，我大胆地喊出来："你是'秀才'老婆吧？"

"秀才"是我村里的一个村民，他除了种田，很早就在外地做生意。"秀才"老婆与我母亲关系很好。看着眼前的"秀才"老婆，脸型圆润，头发乌黑。她热情地邀我到她家去吃饭，她指着不远处说："我儿子在保险公司上班，我现在跟儿子住在县城。"回到村里，跟母亲说到在县城碰到她的经过，母亲说：她几个儿子都有出息，都在县城工作了，蛮有钱的，村里有不少人家嫉妒她，她一气之下，就到她儿子那里住，再也不回村里了。我从她的身上，突然也体会到了我的幸福与苦恼。"突围"与"困境"在县城的处境竟然代表着一些曾生活在村庄里的人的心态。

就在这一天的前一个晚上，我与高中同学聚会，一个嫁到县城的同学向我述说了她的家庭、工作苦恼，她的人生经历，让我这个自恃见识不窄的人也觉得不可理喻、难以忍受。原来，这个生活在县城里看似光鲜的女同学，在"幸福"的掩盖下，有一颗如此苍老而疲惫的心。原来，不管是拥挤不堪地杂居，还是住在独门独户的别墅，县城中不同的人，每天都在上演着不一样的喜悦悲苦。她感慨说：真想到乡下我外婆的村里买一间房子住。那里空气那么清新，听得见虫鸣与犬吠。但我相信，她可能只是还停留在某次去外婆家做客时的美好记忆里。现在她真到村里住上几个晚上，未必愿意呢。

往事只是回忆的一部分，它以一种追忆的方式，在盼着念旧的人归来。只有县城和我们每个向往外面世界的人一样，丝毫不犹豫，都在以日新月异的变化和满怀的期望，迫不及待地向着未来飞奔……

故乡天气

1

此时，空气闷热，仿佛随便一握，手心就能流出水来。故乡，父亲建于三四十年前的老屋里，地面泛着油亮的黑色，像某位蹩脚的油漆工闭着眼睛，这里、那里，还有那里……刷上的一块一块黑色发亮的油漆。

那是水，从地底里，无言的、潜滋暗长的水，或者说，是回南天独特的水，它昭示着暴风雨即将来临……

远方，若有若无，不时地传来单独的，和连成一小串的雷声，像个主人没给够钱、不怎么卖力的鼓手，分别于十点三十四分、十一点二十分，唤来了两场雨，先是密密匝匝的、急促的，但四五分钟，便泄气了，不到十分钟，便隐去了，悄悄然，逃了。

老屋里的湿气更重了，似乎每一缕空气中都夹杂着刚从雨中蔓延过来的水汽，直冲上人的额头和背脊……

七十多岁的母亲，自我这几天回乡后，除被亲戚朋友当成客人邀请到他们家吃饭，还有，在自己家里做了四五餐饭，或者去菜园里摘菜外，其他时间，都坐在大门前穿灯泡。

每一串十八个节点，每个节点的灯泡朝向两个方向，每串一毛钱，一天大约能穿五十串，可以挣五块钱。

这会儿，母亲脸色凝重、全神贯注，一张嘴还有点严肃地嘟囔着。我听见她说："天热死个人，天热死个人……"

我很想与她对坐着，说些什么，或者聊点什么，但又觉得没什么可说。我只好装着轻松的样子，在屋里大厅与厨房里，徘徊了一个来回，我像是对自己又像是对母亲说："一场大暴雨要来，地上全是水……"

二○一六年三月三十一日，回到故乡第二天，我儿时的小伙伴陈才根对我说："去年，一整年，出日头的日子，没有超过一百天，其他的，全是灰蒙蒙的、不下雨又不出太阳的天气，田里缺水，晒场上没太阳晒谷子。"陈才根又说："我认识一个人，在临近的村庄承包了一千多亩地，年终才挣得一万多块钱，全是天气不正常造成的。"

当天早上，我在田里与堂哥陈秋根聊天，他指着面前的地说："这块一亩三分多的地，去年栽辣椒，收入才三千多块钱，而在收成好的年份，我一年挣过一万七千多块钱。这些年，天气都反常，人累死了，钱又不多，不值得。"

堂哥一边说，一边低着头，在田里忙碌。他面前，一株株辣椒，在阳光下，正齐整整地、热闹地生长着。我对他说："收入低可以出去打工，或者到城里去带孙子呀。"堂哥说："我都五十多岁人了，年纪大，身体吃不消，不想出去打工。到城里去带过几个月孙子，连儿子都不许我亲孙子，他跟媳妇联合起来，说要我把烟戒了，才能抱孙子。现在，回到村里，没钱挣也要种地，不种地有啥能做哦。"

只可惜，阳光短暂，清明前一天，也就是四月三日，日头又退进了云层，第二天，下起了连绵的雨。

因为下雨，陈才根无暇陪我聊天，他家十几亩地正是春耕之时。他说："临近春播了，老婆这几天的脸色阴得很难看。"他得赶紧在这两天将稻田犁一遍。

陈才根背着老婆，私自交了五千多块钱报名考驾照。他犁完田，要去考驾照。他跟我讲了四五年了，这一次，终于下定了决心。我知道，对于一向节俭的他，做出这个决定，一定要很大的勇气。他说："村里像我这般年纪的男人，有一半多会开车，我也要学，哪怕将来买一辆二手的小货车过过瘾，也是好的。"

清明过后第二天，他犁完田，便奔向临近的八都乡，每天早上五点半准时从县城搭车去驾校，求爷爷告奶奶，希望在这段时间内把学习程序走完。"这几天晚上都睡不好，万一考试通不过，几千块钱都打水漂了，老婆骂还不算，田里的春播可能要耽搁了。"

四月五日，似乎有点风了，身上有种凉爽通透的感觉。夹在村中间的马路上，人声鼎沸，村民们都尽量地将声量调到最高的地方。其实，也不是谁理弱谁理强，仔细听听，发现他们只是在叙述某件事情，而且，很多时候，总像是在重复一些事情，一些鸡毛蒜皮的事情，但对于他们，却是大事，绕不过去的大事，津津乐道的大事。

所以，他们一定要大声地争个明白。想想，故乡这一带的人都如此吧，大声讲话像是一种习惯。

2

听说，故乡的天气，这几年大抵如此：气温整体升高，雨下得总不是时候，规律难以捉摸，让老一辈看不懂、看不透。

如今，村民的生活越来越好了，村中的水泥路上，挂着不同地方牌照的轿车往来穿梭，但是尾气也杂糅着乡间的尘土，漫卷天空。一个叫"雾霾"的东西，不知从什么时候开始，也悄无声息地出现了。

在村里住了八九天，有三四天，早上七点起床，逛到村口，见不到太阳，也看不见一两百米远的另一座村庄。如果是在以前，我们只称它为"雾"，只有水汽与尘土夹杂在一起的雾，我绝不会像陈才根那样，说出后面那个字。

陈才根是村里少数几个高中毕业后一直生活在村里的人，他算是村里的高学历者。他满腹才气，不时有文章发表，却拒绝用电脑打字，所以很难适应现在报刊的投稿要求，不然，他会有更多的文章发表；他每天上凤凰网、新浪网浏览新闻，却不会用

QQ 和微信；他每次用手机发给我的短信都是一篇有思想、有情感的精彩绝伦的百字小文，却不肯多花一两百块钱去换一部智能手机。

他将"雾"与"霾"很自然地同时说出来，我相信是经过深思熟虑的，甚至是在向一位知己，倾吐一种双方都心知肚明的观点或情绪。

四月二日，我搭他的摩托车去县城，经过一座黄土山坡，他指着眼前一片黄黄的山坡说："你可能还记得，这里原来是一片树林的，全是树，种的是松树，以前每次路过这里，如果是一个人，会觉得阴森森的，有点怕呢，现在，所有的树都被砍掉了，露出了黄黄的土山坡。"

村里清明聚会那天，总共有六桌，其中，有三桌是三十至五十岁的壮年人，有村民、从工作地赶回来的教师、生意人等；有两桌是六十岁以上的老人，妇女仅占一桌。——大抵每年如此。

陈氏祠堂外，细雨蒙蒙，身上黏糊糊的，衣服穿也不是，脱也不是。总是穿了脱，脱了穿。如此几次，嗓子已哑，鼻涕微流，却不发烧，乃早期感冒之症状也。

在城里时，不时会收到陈才根的短信，其中，相当一部分是对故乡天气变化无常发的牢骚。他每述说一次，我都拿这种牢骚跟城里比，我发现，他反映的天气问题，也刚好是我生活的地方面临的：有时天空灰蒙蒙不见太阳；有时好久没下雨；有时连续下了一个月的雨……

我工作、生活的南宁是曾获得"联合国人居奖"的亚热带气候城市，二〇一六年冬天，竟然下起了雪，连续一个多月的寒冷天气，让人怀疑这座城市的经度与纬度。

下雪的那天，凌晨六点起床的妻子，在微信上急不可待地写出了雨夹雪打在她雨衣上的感觉。

那天上午十点多钟，我神情寂然地唤起睡懒觉的儿子，带他到小区一棵铁树旁，看夹在叶子间那坨白。儿子没有太多惊喜，靠近了过去，取了一点，拿了回来，放在阳台单车坐骑上。他也许从来没有如此冰冷地体验这种从天而降的东西拿到手上的感觉吧？我在南宁生活了二三十年，也没有体验过。

那几天，网上还流传着一张南宁青秀山风景区漫画式的照片：几百位市民，围着一堆斗笠般大小的雪，好奇地看着……

往年，清明回故乡，其中一个最重要的"节目"，就是看油菜花。往年，车到湖南境内，油菜花便一路扑入眼帘。湖南、江西的油菜花与广西的不同，湖南与江西的油菜花个高、粗壮、花多。记得有一年，车到湖南响水，下来小憩，服务区屋后，有三四畦油菜花，身高一米六五左右的成人，走进油菜花地，便没了头顶。一路上，油菜花如油彩泼青山，如黄金洒屋前，醇香、耀眼，在车窗里沿途贪婪地浏览，总有不大不小的惊喜撞击心胸。

三月三十日，我第一次坐上开往故乡的高铁。之前，在网上得知：现在，坐高铁到离故乡最近的一个车站——新余北站，只需七个小时十几分钟，就像以前从南宁坐汽车去桂林，就像一趟区内旅游，对故乡的牵挂因行车速度的加快冲淡了许多。

3

一九九二年，我回故乡时，在火车的旅途上，先后经历了二十四个小时、十七个小时、十五个小时，到现在，缩短成了七个多小时。短短的几个小时，就历经了三个省（区），每个地方的天气变化，都来不及细细体会，就过去了。

行车速度的加快，也让城乡之间的物质交换空前加快。城里有的，农村也有。倒是越来越多的城里人认为：农村有的，他们没有。越来越多的城里人觉得，农村山坡上奔跑的任何一只动物、菜园里生长的任何一株植物、田野上盛开的任何一朵花，都会让他们羡慕不已。城里人将这称之为原生态，难得的原生态。

高铁从南宁出发，只一个多小时，就闯进了"烟雨江南"的画廊中，《广西日报》文艺副刊部罗老师看了我微信上的九张即拍即发的照片，问："那是在什么地方？"我想了想，自己也觉得疑惑：这是在来宾呀，广西的来宾呀，可，这真的是在来宾吗？以前无数次地经过这里，怎么从没见过如此开阔的农田？以前怎么从没见过如此"烟雨江南"式的景色？恍惚之间，还以为是在湖南，或者江西，或者更恰当一点的江苏和浙江的某个粮食大产区的平原地带呢。这样的烟，这般的雾，如此的雨，那样铺满水的田，只有在一马平川的江南之地才会有的呀。

顺着罗老师的疑问，我竟想了很多很多，直至车过湖南，我才下决心收回思绪，想着要全心全意欣赏清明前最后金黄一瞬的油菜花了。哪怕一小片也行，哪怕一小簇亦可。我觉得，按照时令，此时看油菜花天经地义。

可是，直至终点站，我也没看到半朵油菜花。我像被相思熬成了疯子，心里在抓狂。到了村里，陈才根说："去年雨水太多，油菜花刚一开，就被打掉了。"

两天后，我终于在故乡一口准备犁掉的农田里，发现了一块长约一米的油菜花田，里面的油菜花散散乱乱，高低不齐，斜着身子，病恹恹的。我将它拍了下来，放在微信上，配上了一句话："无奈风吹雨打，故乡难觅黄花。"

回故乡的前一个星期，我要妻子在手机上查看故乡近期天气情况。妻子在这方面内行、细心。她根据我的需求，将故乡所在地区未来十五天的天气情况都调了出来。她一边翻阅着手机，一边念着天气情况，突然惊讶地说："手机里不但有你们县里的天气情况，还有你们乡里的天气预报呢！"

我信她。当今这个社会，没有什么是不可能的，也没有什么值得我们大惊小怪的，什么事情都有可能发生。我神情淡定地听妻子念着故乡的天气情况。妻子总结说："未来几天，那边的天气跟南宁差不多，气温也差不多，穿这里的衣服去就可以了。"我略为沉思了一下，想：南宁的天气怎么能跟江西的天气一样呢?

在故乡的土地上生活了二十一年,我很清楚地记得:以前,故乡的天气是很有规律的,有很多与天气有关的谚语,如同那里的风雨雷电一样,深深地烙刻在我的记忆里。比如,"有雨山戴帽,没雨山没腰"呀;又比如,"天上鱼片鳞,地下雨淋淋"呀;再比如,"燕子低,披蓑衣"呀;……那时,没有电视机,没有收音机,更没有手机,村民们也很少看报纸,他们靠的就是几百年、几千年祖辈积累下来的"看功",对未来天气状况作出判断。

出门是带雨衣,还是戴草帽,全靠在门外望一望天空——他们往往能大致预测出天气的变化。其实,也不全是因为村民观察得有多仔细,有时,他们也会结合往年同期的天气状况作出对比。那时的天气,很多年份,就像"复制"的一样,寒来暑往,一般不会有太大的变化。天气随着农作物的生长转,农作物的生长跟着天气走。相辅相成,相生相依,年年复始,月月轮回。

印象中,有一年,家里建房子,父母自制的土坯放在稻田里没有收。父亲晚饭时看了天空,说晚上不会下雨。谁想,凌晨两三点钟,下起了小雨。我被父母唤醒,一家三口到稻田里去抢收土坯。母亲一边收,一边怪父亲没看准天气。可见,"看天气"不是那么简单的。

双抢季节,最怕的,就是突如其来的大雨,将晒场上的谷子打湿。乡亲们便分外留意天上的云的变化,并且保持着十二分警惕。如果遇到看不准时，他们便会相互交流意见与看法。这时，往往岁数大的人说的一句话，便成了大家心里比当天电视里的天气预报还权威的结论，最后，大家都以他的结论为准。那时的天气，规律到能让村民们每一年都在相同的那三四天浸种，还有哪几天犁田、哪几天耙田、哪几天播种、哪几天收成……每年都比较有规律像走程序一样，不缓不急。村民们不急不躁，井然有序，将农闲与农忙安排得从从容容。

母亲最常说的一句农谚是："有三十过年晴荡荡，没三十过年雨哗哗。"意思是，如果一年里农历最后一天是三十，那一年的除夕一定是晴空万里，阳光明媚；如果最后一天是二十九，那一年的除夕一定是阴雨天气。

记忆中，想一想，好像确实是这样，当然，这不是母亲总结出来的，而是有智慧的农民共同总结出来的。

到城里最初几年，我总是拿这句农谚来证明除夕的天气，但很少灵验，所以，总是遭到妻子嘲笑，我也哑口无言。

现在，我回故乡时，也偶尔会与村里人说起这句农谚，他们也笑我，说现在的天气，真不好说。

现在村里看天种田的越来越少，有点手艺的，如今也重操旧业，到周边的村庄或县城里去做木匠、泥水匠，种田倒成了副业。

4

现在，我是一个体弱多病的人。右肩肩周炎，将我整条右臂牵扯得时时有一种挥之不去的痛感。我涂了各种药水，贴了各种药膏，做了不少按摩，都无济于事。这种痛感述说着我以前的劳动史：曾经将百分之九十九的担子都压在了右肩，几十年用右手握着钢笔写作，就连运动，都是右手执拍打羽毛球。终于要付出代价了，紧接着，坐骨神经痛、腰椎劳损等也出现了，但与母亲的风湿性关节炎比，在疼痛持续时间与疼痛程度上，可说是小巫见大巫。

母亲的风湿性关节炎始于二十世纪九十年代初。记忆中，在我的童年与少年时代，只要是农忙，母亲干活时几乎都不穿鞋。特别是每年春播时的倒春寒天气，气温能从前一天的三十多摄氏度，骤降到零下，甚至飘起雪花。这时，母亲照样打着赤脚，把裤腿卷得高高的，在田里干活。

有一年倒春寒，我站在田里冷得哭了，我一边哭着，一边看着母亲忧郁的眼神。她虽然没说话，但我很清楚：在母亲眼里，我成了那块土地上最懦弱、最无能、最没出息的孩子。

其实，故乡的所有乡亲，一代又一代，在那个时候，不管天气如何，只要是农忙，都没有穿鞋的习惯。他们认为：穿鞋是不能干活的。他们裸露的肌肤，在天气的流转中历数着季节的变换，他们以坦荡的态度应对着同样坦荡的大自然。

在方圆十来里的地方，我们村的人均耕地面积是最多的，每人拥有将近四亩地。不是特别勤快的女孩，不敢嫁到我们村里来。听说，在附近村里，流行着这样一种说法，说我们村里的人，在农忙时，睡觉都不洗脚。意思是，躺两三个钟头，就要摸黑去田里干活，所以，干脆不洗脚，和衣在床上眯一会儿。

传说虽有些过分，但也看出村里人打赤脚的时间何其多。二十一年在农村的生活，如今，我身上的疼痛似乎都与那一段经历有关。但我不怪它，我情愿归咎为是自己在城里有几年纵情打羽毛球、过度运动。

在最初七八年，每次从城里回故乡探望母亲，经常能听到她喊痛。我知道，在农村，在成年人身上，已经喊出来的疼痛，那是真痛，非常痛。我能想象得出，我不在她身边时，母亲抱着两个膝盖，其扭曲的表情下，经受着怎样的折磨。

母亲的风湿性关节炎，其疼痛的程度与天气的变化休戚相关。快要下大雨时，特别痛。有一次，一个潮湿而乌云密布的中午，我带她到县城郊外一位老中医那里去诊治。看着医生将一根两三寸长的针管扎进她的膝盖里，母亲的喊叫撕心裂肺。她哭着说："不要了，不要了，宁肯把两条腿斩掉！"

医生说："这种风湿性关节炎与长期不注意防护有关，受寒受热，听之任之，久而久之，它就不请自来，想要根治，非常非常难。"

那几年，我到处买药，买各种各样的药，给母亲寄去，或回故乡时给她带去。也不知是哪种药起了作用，现在，母亲的膝关节疼痛有所减弱，不再叫喊疼痛了。

风湿性关节炎不是母亲的"专利"，现在，与母亲同代的村里人很多都有这种病。住在我家门前的陈接福，与住在我家后面的陈接瑞，年轻时，他们走起路来虎虎生风，现在，只能拄着拐杖走路。快要下雨时，他们就喊痛。所以，患有关节炎的村民经常会诅咒天气。

此时，是二〇一六年四月七日的下午，清明过后的第三天，上午，粗心大意地，刚刚下了一场不大不小的雨；下午，又漫不经心、毫不负责地下了一场不大不小的雨。

早上，我从号称全县最豪华的大酒店中走出来，冒着若有若无的雨点，听从母亲的吩咐，在菜市场买了四手菜秧，每手一块五毛钱，总共六块钱。那些菜秧，被卖主轻柔的手托了起来，除了浓浓的绿意，也托起了泛着亮光的湿湿黑黑的泥土。之前，母亲说"那块地就这么长"，说着，她伸展了她的双臂，又说"买三手就够了"。

我怕不够，买了四手，一手才一块五毛钱，不贵。从种子到发芽，到长到现在两寸长，需多少时日呀！尤其是在这样的天气下，需付出多少心力呀！

菜秧买回来，母亲表扬了我，说这四手菜秧买得好，尖形的叶子。但她又心疼买了四手，而且，买贵了。我不跟她辩解，我只希望她能尽快地将菜秧栽到地里去，而且，我希望能跟母亲到菜地里去走走。

几十年了，自从我去了城里，即使回村，也没再去过一次自家的菜地。我只是偶尔问：以前的菜地哪块还在？母亲会细数哪块被水淹了，哪块送人了，哪块还在。我想到以前熟悉的那几块菜地去走走。我以前只是条件反射般地吃着母亲从菜地里摘来的、各种各样的菜，不问栽种的过程，不问其中的艰辛，受之坦然。此时，我良心难安。

　　母亲说："你是要跟我到菜地里去走走。"雨一直在陆陆续续地下，母亲一边干着手里的活，一边时不时侧着眼睛看着门外。下午四点多钟了，母亲喃喃："看来，今天下午这雨是不会停了，菜秧栽不下去了。"邻居陈接瑞说："今天不栽，明天也可以栽，菜秧放一天不会坏。"我说："今天不栽，明天会烂掉的。"母亲说："今天不栽，晚上菜秧放在哪里？老鼠会一根根搬掉。"

　　雨更频繁地下了起来，屋檐下开始有声音了，雨点砸下来，开出一朵朵花儿，啪啪作响。当水花不溅时，我以为雨停了，探出头，看门外，仍有雨丝，一根根，坚硬地射在地上，虽没有声音，但极锐利，极有耐心。

　　母亲等不及了，说："还是我一个人去吧，我骑三轮车去。"说着，她将锄头与菜秧放在三轮车里，又去梁柱上取了斗笠，穿上雨靴，将三轮车推到门外。母亲看了看天，又折回，拿了一块塑料布，披上，才骑上三轮车。

5

四月二日，距离清明节还有两天，天气炎热。母亲说："过两天可能要下大雨，你还是下午去把墓扫了吧。"

吃了早饭，我匆匆赶往县城，买了东西。我浑身是汗，当天下午，去了父亲坟前，烧了一些纸钱。当时，现场温度有三十多摄氏度，坟四周很多不知是谁砍倒的杂草，此时苍白枯槁，一点就着。

我小心地将坟周围那些杂草清除干净，沿坟墓一圈，锄出一条微湿的红土来。母亲在我来之前，特别叮嘱我："不要烧着了山，不要发生火灾，要等火全熄再走人。"

此时，山中就我一人，周围全是树，松树、小乔木、小灌木，还有荆棘丛。一点声音都没有，一座座坟墓，肃立着。只有我，自己听着自己的呼吸声，自己听着自己的脚步。

我拿起锄头之后，听到了松针叶与杂草的呻吟，我挥动了十几下锄头，就已气喘吁吁、浑身乏力了。

我的右臂尤其痛，但又是那种可以忍受的痛。我现在只怪天气太炎热，好像没跟我商量，就一直肆无忌惮地热。我点着纸钱，在这树木繁茂而又空寂无声的山中，燃烧祭品的温度助虐周围的气温，将我包裹得喘不过气来。

四月三日晚上，风与雨提前来了，我躲在酒店里，门窗紧闭，"一心只读圣贤书"。高中的同班同学邓晓刚一催再催，要我赶去参加同学聚会。我撑一把雨伞，出得酒店，雨雾一下子把我包围了。我蹚着没过鞋跟的积水，一路惊惶失措，寻找出租车，却没有一辆车经过。我打电话给另一位同学，要他开车来接我，手机里，他的回答被耳边的风雨声刮得支离破碎，他的意思是：正在打麻将，抽不开身。

我只好继续前行，努力找车。走了五六分钟，穿过了两三条马路，不经意地，仰起头，看见自己身处一个又一个楼盘之中，左右两个售楼部，一个叫"财富中央城"，一个是"天成中央馆"。

在故乡既熟悉而又陌生的县城里，我被风雨阻拦在这个地方。我突然想到，昨天，堂姐陈大英好像跟我说起，她大儿子在财富中央城买了一套房子，不错，说的就是这里。

堂姐有两个儿子：大儿子开大货车跑运输，听说能挣一些钱；二儿子在广东一家电子厂打工，老实本分，每个月工资两千七百多块钱。堂姐两个媳妇都在家，各自生了两个孩子。"七八个人挤在一起，总要有人搬出去过。"堂姐说。

她决定先资助大儿子在县里买房。"明年肯定要给第二个崽一笔钱，要他建房了。"堂姐说。

现在，村里有点钱的年轻人都喜欢到县城买一套房子，或者花五六十万块钱，在村里建一幢三四层的楼房。很多人买了房或建了房后，继续出去打工。那些房子，虽然富丽堂皇，但都冰冷寂寥，没有人气。

写下上面这些文字时，中央电视台正在播放两条新闻。

一条新闻说：受厄尔尼诺的影响，巴基斯坦连下暴雨，洪水成灾，一些桥梁倒塌，一些道路被冲毁，已造成多人死亡。

另一条新闻说：近日，印度迎来了连续高温天气，很多地方气温已四十多摄氏度，已造成多人死亡。据称，印度最热的月份还远未到来，在七月份，气温将达到五十多摄氏度。气象专家提醒，印度在将来，会越来越热……

岁月流转，晨昏更替。天气是我们每天都要关注的事情，也与我们的生活联系最为紧密。

天气与空气，连着每个人的呼吸，在天地间循环往复。但现在，越来越多的天气状况让人防不胜防、措手不及。

四月十日，我离开故乡舍陂村，天气终于温和，雨终于停了，还微微透着凉意，但依然不见太阳。

车到湖南界，大雨一路下，不停地下，滂沱地下。我们的前路越来越荒凉，开着车的朋友皱着眉头说："刚才雨大，没看清楚，路牌一闪，可能就过去了，我们走错了，肯定走错了……"

我们，作为故乡的游子，放慢行驶速度，奔向未知的地方……

母亲味道

1

关于母亲的味道，最初是与辣椒、芋头、红薯和萝卜有关。

很多时候，干完农活，母亲便会顺路去菜园，摘几只辣椒，将里面的籽掏空，塞进少许盐粒，揉软，就着饭吃；有点闲时，她就会将辣椒煮熟，然后，放在有齿槽的钵子里，用锅铲把辣椒捣烂，再加点盐，送饭。

母亲做十种菜，放辣椒的就有八九种。其余一两种，是纯辣椒的做法，那种单一的、浓浓的、烈烈的辣味，从我的口腔，冲到脑门，弥漫到双耳，再流到肠胃，到处都是火辣辣的。

辣味，成了母亲人生不可或缺的味道。我真的怀疑：如果没有辣子，母亲还会不会做菜……

母亲做菜，动作风风火火，很麻利，如果灶里的火过小，她会冲着坐在灶边烧火的父亲和我大叫起来，最刺耳的一句话是："活人烧死火，烧得没结果……"父亲与我会手忙脚乱，连拱带吹，赶紧想办法将火烧旺起来。

母亲除了做菜放辣椒，腌鱼与做豆腐乳时，也要用辣椒。

每年年底，村里都要干池塘，池塘里有草鱼、鲢鱼和鲤鱼。腌鱼一般用草鱼，草鱼肉厚。母亲将草鱼切成一块块，与辣椒、盐巴搅拌在一起，放在坛子里，放上一个冬天，春节时打开，夹出来，煎了吃。选辣椒时，母亲会挑最辣的辣椒粉。在夏秋两季，母亲挑了长得又弯又细的红辣椒，晒干，碾碎，用塑料袋装上，打上结，再装进罐子，待到冬天腌鱼时再拿出来。要么上县城买，母亲买辣椒粉，首先要问对方辣不辣。对方说了辣还不算，她还要亲口尝一尝，尝了流了泪才满意。

母亲说：腌鱼和豆腐乳没有辣味，吃了反胃，想吐。她会先将鱼块或豆腐倒入一片鲜红的辣椒粉之中，用筷子眼花缭乱地让鱼块或豆腐在鲜红之中打滚，直至鱼块或豆腐通体染上了一片鲜红，想分离也分离不开。然后，一边眨巴着眼，一边迅疾地将鱼块或豆腐夹进坛子，用塑料膜紧紧扎住口子，放到房间阴暗处。

辣味被封存，它并不规矩、并不静默，而是不甘寂寞、不甘沉沦，与鱼块或豆腐发生激烈绞杀、渗透、腐化，直到产生另一种味道……

腌好的鱼块和豆腐乳又辣又咸，拇指大的一小块，可以送七八口饭，是既刺激又经济的菜。

腌鱼是荤菜。小时候，这不能作为家常菜，只有客人来时，才拿出来五六块，用只小碗，或者小碟装着，蒸熟了，放在饭桌中央。客人往往也不敢多吃，一餐饭最多夹一块，放在饭碗里，轻轻咬一小口，再吃一大口饭。一碗饭吃完，腌鱼还没吃完，便又放回碟子里，待盛了一碗饭，又夹回腌鱼，继续送饭。

那时，在村里，流行一个段子，说：有一户人家请客，端上来一碟方方正正、鲜红鲜红的菜。客人以为是腌鱼，夹了一块，高高兴兴咬一口，才知是豆腐乳。可想而知，腌鱼与豆腐乳在外观上是很相似的，甚至很难分辨出来。但不同的是，腌鱼是用来招待客人的，豆腐乳是家常菜、应急菜。平时，农忙没时间做菜，或冬天懒得做菜，又或家里没人做菜，便用豆腐乳应付一餐。如果哪户人家用豆腐乳来招待客人，让客人上当受骗，客人不生气才怪呢。

2

记忆中，母亲的心头好像永远泡着一坛辣椒，永远冒着一团火。下田干活，有一股火一样的激情，一弯腰，十几二十分钟不直起来，从田这头，一直干到田那头。

那时，不管做什么菜，母亲都放很少的油。二十世纪七八十年代，日子过得甚是拮据，家里每年从生产队仅能分得四五斤茶油，一家三口，到四五月份就吃完了，余下的日子，母亲只能想方设法让菜汤漂上油花花。

猪肉是油的重要来源。我们家每年杀猪一次，猪肉舍不得留，都拿到街上去卖，卖得的钱，补贴家用，或者存起来，作建房之用。母亲只能上县城零星地一两斤地买，每次买的，都是肥肉，挑最肥厚的那部分买，买回来，煎了油用。

青菜、萝卜、茄子、丝瓜……每一种菜都很耗油，用母亲的话说：少放一滴油，吃起来就寡。尽管如此，母亲还是不敢放太多油。隔两三天，她才取下挂在厨房头顶的那一条长四五寸的肉。肉早已风干，之前用盐腌过、晒过，怕生蛆腐烂变质。母亲的刀功在这个时候体现得淋漓尽致，她切的肉片透着光，放在锅里，几秒钟后就会打着卷，锅里便亮闪闪地镀着油光。母亲往往等不及油冒烟，怕它升腾消失了，就忙将菜倒到锅里，锅里便噼噼啪啪地响了起来。

吃的时候考我的功力。很多时候，一盘菜翻完了，不见丁点肉片。那煎完油、打着卷的肉片，已与菜煮得融为一体了，任你火眼金睛，也找不到了。每每这时，我总是一脸失望，或是一腔不满，腮帮子鼓得可以当锣打。父亲则在旁边笑着说："下次切多一点肉，下次切多一点肉……"

那个时候，田里、溪里、江里、沟里、河里、池塘里……好像只要有水的地方，就有捉不完的鱼。"鱼"，是统称，其实，分得细一点，有鲫鱼、泥鳅、黄鳝等，拎个家伙出去，随便走走，一两个钟头，就有两三斤鱼回来。

童年的我闲不住，除了上课，就是玩耍，特别喜欢去捉鱼。母亲既希望我去捉鱼，又怕我去捉鱼。因为做鱼最耗油，家里没油，没姜，做出的鱼又腥又淡，吃了就想吐。后来，母亲想出了办法，就是多放辣椒，多放葱，把腥味冲淡。

鱼是那个年代除猪肉以外的荤菜了。往往在吃鱼时，我饭量就特别大。饭量太大，粮食就跟不上了。除了农忙季节保证米饭外，平时，母亲就想着一些法子填饱肚子。

母亲能将米饭煮出甜味来。煮饭不是一件简单的事。实行家庭联产承包责任制后，队里的田地分到每家每户了。那年，我十二岁。以前，在生产队，我从没下过地干过农活，也就是说，我没有挣过工分，顶多就是在寒暑假跟在父母身后捡过稻穗而已。现在，我家分得了十来亩地，而且，家里只有三口人。我要作为劳动力，下田干农活了。为此，我偷偷地难受与恐惧着。我实在不想下田干活，实在太累了，我实在没有力气呀。后来，父母与我达成共识：早上五点到八点，我可以不出去干活，在家做饭。

与凌晨起早赶到田里干活比，我还是愿意在家做饭。做饭分两个部分，一是煮饭，二是做菜。那时我们煮饭不像现在，有电饭煲，插上电，便万事大吉，而是先放水，烧开了水，再淘米，将淘了两遍的米放进水里，待米煮成五六成熟了再捞起，洗锅，再放清水，将五六成熟的米饭倒进甑里。甑有四五十厘米高，两手摊开，合抱不过来，作为一个十二岁的少年，要端个矮凳垫脚，才能将甑放到锅里蒸。

蒸饭是技术活。首先，捞米饭时要掌握时辰，蒸饭要掌握火候，捞晚了，米饭太熟，放到甑里一蒸，就软了。太软的米饭在夏天放不久，到中午就馊了。小时候，家里做米饭，蒸一次，吃三餐，吃一天，中午馊了，晚上就没饭吃了。我第一次煮饭，没经验，火候把握得不好，米饭煮烂了，黏成一团，分不出粒来。而母亲煮的饭，米饭是香喷喷的，端着碗去盛，锅铲一挑，雪白的米饭下面，还有红薯。红薯切成一块块，拇指大小，八面玲珑。连饭带薯盛起来，一吃，既香又甜，只是，不经饱，而且，老放屁。

母亲还能将米饭煮得粉嘟嘟的，因为饭里除了埋红薯，还可以埋芋头。芋头是那种小芋，粉嘟嘟的。如果是大芋，则切成丝。有时大芋、小芋掺杂在米饭里焖，米省了一半，饭的分量一点也没少。

如果到了寒冬，外面下着雪，人出不了门，就只能坐在火堆旁谈天说地。母亲说："在家坐着，消耗少，一天吃两顿。"其中一餐是米饭红薯粥，甜味占了大多，吃后尿多，有尿也不想动身，天冷。

等我也学会了煮饭，母亲就教我做菜。她告诉我：什么菜开头要用大火，之后再用小火；什么菜不能盖锅盖，否则会发黄；什么菜宜多放点盐，不然就太寡；辣椒在做什么菜的配料时要切成斜刀，在做什么菜的配料时要切成圆圈；什么菜的配料要用青椒，什么菜的配料要用红椒……

3

后来，我读初中了。初中的学校在离村约十里的潭城乡圩镇上。那时，学校没有统一伙食安排，不提供菜，只提供蒸饭的地方。全校师生的米，放在饭盒或把缸里，再放在一层层的木架上蒸，到吃饭时，去认自己的饭盒或把缸，把饭端出来，就着自己带的菜吃饭。

菜，一个礼拜只有一样，多了不好拿，几个瓶子或罐子，叮叮当当，走约十里山路，不方便。一种菜，吃一个礼拜，菜极易变质，只好带不易变质的菜。不易变质的菜，一要水分少，干；二要咸，不腐。所以，选择极有限。要不是辣椒酱，要不就是萝卜干。辣椒酱带上一瓶，吃上一星期，连厕所都不敢上，怕下面受不了。晚上，有时捂着肚子睡，总觉得有种隐隐的痛。再加上每星期只吃四五斤米，每餐都吃不饱，所以，一星期上一次厕所就够了。

但辣椒酱有个好处，就是能赶走瞌睡虫。有一次，上数学课，我听着乏味，昏昏欲睡，便偷偷舀一勺辣椒酱，正要往嘴里送，刚好被老师逮着，他将整瓶辣椒酱丢出教室外。那个星期，余下的日子，我只能吃白饭。萝卜干是母亲拔了地里的白萝卜，晒干切成粒炒成的。那时，家里油少，萝卜干炒好后，那种微辣的味道还在，那种味道，几十年了，都忘不了。

几年下来，母亲一个星期一个星期地准备，要花许多心思。在把菜装进瓶子时，母亲认真、郑重，好像同时也装进了对我学习的全部嘱托与希冀。母亲经常一边装一边说："老天，放了那么多油，要节省着吃，要吃够一个礼拜。"如果逢年过节，家里做了腊肉与香肠之类的，母亲总要挑上三四块大的，铺在瓶子最上面，临出门时，母亲说："那些肉，一出日头容易坏掉，要先吃，不要让它坏掉，坏掉可惜……"

我在学校，每天吃辣椒酱或萝卜干，母亲与父亲在家也舍不得吃好的，都是吃菜园里自己种的菜。如果父母难得有一次拿东西到县城去卖，换得一些钱，他们有时会买斤把猪肉回来。买回来，母亲却不急着做了吃，而是等到周末我回家再做，一家三口一起吃。印象最深的，是每年秋天，田埂上大豆饱满了，母亲与父亲将大豆砍回来，摘了，剥了，拿到县城去卖。出门时，特地留下七八两豆子，待去街上买半斤牛肉回来，我周末回家，母亲就会做一道牛肉炒大豆，香极了！

做牛肉炒大豆时，母亲用极大的火，用极烫的锅，放下大豆，急促地翻动。牛肉切得极细，辣椒放得不少，是那种红辣椒，盛在盘子里，大豆极青，辣椒极红，加上牛肉的颜色，多姿多彩，令人垂涎欲滴，憋了一个礼拜的胃，终于可以过一个节了。

后来，日子慢慢好了，不用为米饭发愁了。家里除了做饭的米，还有做年糕、酿酒的糯米。

年轻时的母亲与父亲滴酒不沾。滴酒不沾的母亲却酿得一手好酒。酒的好坏，可能是与在封坛前下酵母菌的多少有关。酵母菌给得合适，出酒不但多，而且酒香浓醇。最重要的是，不论出酒多少，母亲很少往其中掺水。人说酒鬼家里没酒喝，说的是会喝酒不一定会酿酒。再则,酒鬼喝酒多,很快就要喝完,所以,爱往酒里掺水……

家里请客,亲朋好友爱来我家,特别是那些会喝酒的人、识酒的人,都奔走相告:去哦,去她家,她家有好酒。母亲不是那种热情得肉麻的人,她很少劝酒,她不劝,客人却不客气,一碗接着一碗地喝。他们知道酒的好坏,会喝酒的人,遇到好酒,你不劝,他们也会喝,酒不好,任你怎么劝,他们也不想喝。

不好的酒估摸有这么几种:一是酒太老,二是酒太寡。太老的酒,一般是因为酵母菌放得太多,苦、涩,喝时不入味,却容易醉;太寡的酒一般是因为掺水太多,味淡,没有酒味,喝起来就像喝水,经饱,不经醉。母亲对客人反反复复说:"吃得多少就吃多少,我不劝酒哦。"脸上透着的,是不卑不亢,实则是满满的自信。母亲不劝酒,但从我家出门的客人,很多是扶着墙走的。扶着墙走的客人,大多是会喝酒、能喝酒的,他们经不住我母亲酿的酒的诱惑,一碗接着一碗地喝。母亲倒酒的时候甚至会问:"还能不能吃?不能吃我就不倒了。"对方往往会吹胡子瞪眼:"可以吃,可以吃,再吃两碗都不醉!"

客人散了,母亲对着几个走路歪歪扭扭的背影喊:"个个吃成那样,又没有劝酒。"邻居看到了,冲我母亲说:"你不会吃酒,却会酿酒,真个是杀鸡不会,剖肾又会!"

我们村里请客,遇到大喜事,往往二三十个菜,摆满一张大圆桌,且家家户户攀比着。特别是春节,家家轮流着请,有时,会采用抓阄的方式，决定请客的次序。后请的人家，往往会在菜的数量与品种上与先请过的人家暗暗较量。别人家二十六个菜，我家争取二十七个；别人家没兔子肉，我家就做一盘兔子肉……桌上的盘子与碟子，叠了一层又一层，即使菜吃不完，剩下也不可惜。请客的人家会请村里公认手艺好的厨师来做。印象中，我家请客，一般是请隔壁家的陈欢民来做，母亲充当切菜、烧火的角色。母亲将陈欢民请来，嘱父亲放两包香烟在灶头，对他说："你忙我也忙，有时忘了招呼你，你想抽烟就自己拿。"对方连称："好好好。"有时，母亲会请伯母或婶婶来打个下手，她自己主厨。

母亲做菜，手脚麻利，每做完一两个菜，她就在厨房里大声问："菜咸不咸？"要不，就是问："菜淡吗？"听到客人回答"没有，刚刚好"，母亲炒菜的动作就更快了。每隔十来分钟，母亲还会跑到大厅的饭桌前，如果看到盘子里的菜留得多了，会说："不吃呀？是不是做得不好吃？"客人会笑着对她说："就这几张嘴，这么一桌菜，吃得了几多嘞？不要再做了。"母亲说："齐吃完它，我不跟别人家比，也比不过别人家，我是看客买菜，不想浪费。吃不完的菜，隔几餐就会坏掉，我家三个人，能吃多少？"说完，母亲拼命催客人多吃菜："好吃就吃完，全扫光！"

这个时候，也是母亲最大方的时候，她脸上的笑容舒展，显得阔气，仿佛一位富翁，心中有无穷无尽的财富。那是那个年代唯一可以大方的时候——春节，前前后后，也就是不到二十天时间，在这二十天里，母亲一般也很少发火，我的心情舒畅。

4

年一过，又要去学校，又要每个星期奔波。那时，学校于我，是一个长期萦绕的梦魇。学校两幢教学楼的地基，是我们这些学生东一锄西一铲挖出来的。我们煮饭的柴火（当然要加上老师煮饭的柴火），是学生们自己上山砍回来的。我在学校越来越迷恋家里母亲的饭菜，哪怕是餐餐吃萝卜青菜，也要比学校强一百倍、一千倍、一万倍！

我的身体也配合着我的心思，本能地拒绝着学校。每次上山砍柴回来，便周身发痒。有几次，脸肿得难以睁开眼睛，面对黑板，"须仰视才见"。我正好有个理由可以请假回家，约十里山路，我一边走，一边哭。阳光热辣，只有裸露的肌肤能体会。那些发痒的面积，在阳光照射下，被成倍地扩大、膨胀。路上，只有我臃肿的身影，偶尔有自行车的铃声，拨弄着我往更偏一点的路旁踉跄，还有拖拉机粗重的喘吁惊吓着我方向不辨的身躯。我双脚本能地向前迈进，解放鞋与沙子摩擦的声音，在燥热的空气中旷远地歌唱。

家的方向越来越明晰，家越来越近，我仿佛闻到了迈进家门那一瞬间的阴凉。阴凉里有一块微湿的毛巾贴到我浮躁的心坎上。我仿佛闻到了母亲迎上我的那一股气息：虽然方正，但不失柔软；虽然严肃，但不失温和。我晓得，只有这时，只有这样，母亲才会放下一切火气和不耐烦，最大限度、最大宽容地呵护我。

母亲问过了村里所有的人，使过了她知道的所有办法，想迅速地消除我脸上的浮肿。母亲不知道从哪里获得了民间偏方，她去菜园割来韭菜，洗干净，放在小钵里捣碎，然后，用纱布榨出里面的汁来。韭菜汁绿莹莹的，盛在小碗里，母亲找来一根长长的、粗粗的鸡毛，用鸡毛沾上韭菜汁，在我脸上涂抹。

这是韭菜的另一种独特用处。那种凉飕飕的感觉，像冬天里的绸缎，滑过我的肌肤。母亲每天三次为我的脸涂抹韭菜汁，一种青青的味道，在鸡毛的拂拭下，掠过我的鼻孔，丝丝缕缕，潜滋暗长。有一些韭菜汁渗入被搔破的肌肤里，一种火辣辣的疼痛。之后，便偃旗息鼓，所有的痛痒销声匿迹，我的眼睛能正常睁与闭了，脸上的肿消失了。但我仍恋恋不舍，不想去学校。母亲又恢复了严厉，把我赶去了学校。

在学校读书时，我的另一个苦恼是，嘴唇冬天时常开裂。特别是烂在嘴角处，早上起来，张不开嘴。随着张开弧度的增大，疼痛感也随之增大。在学校，没开水，冰天雪地，凉水咽不下，再加上一个星期吃的都是辣椒酱或者萝卜干，体内没有水分，嘴角开裂自然难免。有时，两片嘴唇全烂了，痛得眼泪直流，只想着回家。

回到家，母亲也没药给我，只有一盒一毛钱的、用河蚌装的雪花膏，但无济于事。母亲就从菜园里采摘一篮篮青菜回来，每餐煮上满满两大碗，说："吃吧，青菜熄火，吃两天就好了。"我有时会嘀咕："想吃大蒜炒腊肉，想吃芹菜炒猪肝。"母亲听了，会大声斥责："吃什么吃？烂得像个猪八戒还想吃大蒜、吃腊肉、吃芹菜，它们都是上火的菜晓得不？"母亲除了炒青菜，还烧开水，水烧开了，装在热水瓶里。母亲会催促我："多吃水，吃了水，嘴唇皮就湿润了……"

每年冬天，因为嘴唇开裂溃烂，我都要请假在家四五天，寡寡的、淡淡的青菜，成了治愈我嘴唇开裂的良药。

5

后来，上高中。学校在县城郊外，离我家却不远，七八里路。高中学校有饭堂，但有的学生还是从家里带些荤菜来，算是打牙祭，我却从不敢向母亲提这样的要求。尽管我是独生子，到读高中，家里的生活条件好了很多，但我从母亲不时的埋怨中，还是觉得家里很拮据。特别是建了房子之后，欠了几千块钱。母亲说，她是借了人家钱就睡不着的人，恨不得一天两天就还清。

母亲在节约开支上是很注意的，特别是在吃上。她尽量自给自足，自己种菜供应全家，一年到头，好不容易杀一头猪，却要全部拿到县城去卖，卖剩下的，别人不要的，母亲把它腌起来，晒干了，做成腊肉，慢慢吃，能从年头吃到年尾。

在吃的问题上，父亲与母亲高度默契。父母从不挑三拣四，如果菜里"不幸"发现一两片煎成焦黄小卷的肉片，他们总是不约而同地夹到我的碗里。母亲总是不忘说一句："我们这样对你，长大了，你要有良心呀。"往往这时，我好像亏欠他们许多许多，那一小片小指头的、薄如蝉翼的肥肉，放在嘴里都不敢轻易咽下去。

到了高中三年级，我决定走读。我每天早上与晚上骑着自行车，往返于家与学校。我那时可能是想获得某种自由吧。我不想在学校里待太久，让自己憋屈得难受。那时，我的学习成绩糟透了，感觉自己没什么希望，没必要被学校捆绑得太死。而在家里，我对母亲说："学校的伙食太差了，比家里的猪吃的都不如。"母亲听我这么一说，也不像初中那样，动不动就把我往学校里赶，她竟然接受我走读。而且，每天早上都要在五点钟起床，为我煮一碗面条，面条上放一个荷包蛋。

母亲煮面条很讲究，先放面条在清水里煮，七八成熟时，捞起，用冷水泡三四分钟，这段时间，她将切碎的辣椒、几片青菜用热油酥一下，然后放水、放油、放盐、放少许酱油，待水烧开，再将浸泡冷的面条放入锅中，鸡蛋打在面条上，用锅铲轻轻拨动，不让鸡蛋沉入锅底，粘贴在锅上，最后，再撒一把葱花。荷包蛋铺在面条上，像一轮温暖的太阳，泛着黄色的光芒，嫩嫩的，圆圆的，吃到喉咙里，细腻、柔绵。母亲见我吃得哗啦啦地响，在旁就说："好好读书呃！"

对不起母亲，我没有好好读书，我亏欠了您多少个荷包蛋呀！高中后，母亲再也没为我煮过面条荷包蛋。我知道，是我辜负了母亲长达一年的辛苦付出。

后来，我觅得一次机会，到了南宁工作。来南宁的半年前，父亲去世，母亲一个人住在乡下的土坯房里。几年后，我儿子出生了，我把母亲接到南宁，明里是尽儿子的孝心，实际上是要她为我带孩子，当然，还要她担当起买菜做饭的任务。

尽管小区的菜市很大，尽管菜市场菜的品种很多，但母亲买回来的菜总是那么几样，都是她在乡下种过的、见过的那几样。我对母亲说："大人都不是太要紧，但现在是小孩长身体的时候，他要吃好一点。"母亲听了，当时点头，可还是改不了习惯。

后来，妻子时不时也买一些菜，特别是肉菜，放在冰箱里。原以为母亲会拿了做，但她却舍不得煮，有时，她要煮，却不知道怎么煮，有些菜，她根本没见过，也没听过。她打开冰箱一看，有点手足无措。

我有时会对她生气："如今比不得过去，过去是没有钱买好吃的东西，现在生活好了，可以吃好的了，不要舍不得，何况，你的孙子要长个子，要多吃肉。"母亲表面上接受，背地里却嘀咕："你小时候没肉吃，不照样长大长高？"我只当没听见，却天天监督餐桌上有没有肉。

以后，母亲每餐都有肉菜，但切法仍然是农村在家时的切法，一大片一大片的。我对母亲说："小孩牙不好，消化能力不强，应该剁碎了煮给他吃。"母亲却说："小孩从小吃糙一点，长得强壮。"

母亲将她在农村时的拿手好菜——蒸蛋带到了南宁。母亲的蒸蛋香、滑、嫩。儿子"乐吃不疲",百吃不厌。母亲每当看到孙子大口吃蛋、大口吃饭时,她满脸都是笑,比自己吃还高兴。

我向母亲建议:菜的品种要适当地增多一些,不要吃来吃去,老是那几种菜,不然,小孩可能营养不良。母亲反驳说:"人是铁饭是钢,吃饱了饭,就能长好,我看到城里的很多小孩天天吃零食,挑三拣四的,就是不吃米饭,结果瘦得像只猴子,有什么用?"

6

在南宁,母亲特别不习惯做汤,特别是做清汤(不放油,只放少许盐)。要她做汤,她总是放很多油,放很多盐。她说:"不放油不放盐,几片菜叶漂在水上,有什么好吃的呢?"母亲的观点是:饭前喝汤,影响食欲。而南宁人的观点是:饭前喝汤,先润滑一下肠胃。

我将这事讲给一位朋友听,他说他母亲也是如此。他母亲从农村到南宁来照顾孙子,做汤时,也是喜欢放很多油,吃饭时,她还喜欢将漂在汤上的油花用勺子小心地捞起来,放在孙子的碗里,搅拌着喂他,说这样才有营养,小孩才长得快。朋友责备他的母亲,他母亲说:"你小时候没油水吃,才长得这么瘦小,现在有油吃了,不能让小孩多吃一点嘛!"朋友又说,他母亲还常常往孙子碗里加糖，再加开水，搅拌着喂孙子，还对他说："你小时候哪有糖吃？现在有了，孙子要多吃一些糖，将来肯定长壮长高……"

母亲将小时候喂养我的一些习惯照搬了过来，她为了催促她孙子吃饭时不能开小差，不能看电视，只能专心致志吃饭，定了一条规矩，就是："先吃完不管，后吃完洗碗。"谁最后一个放下碗筷，谁就要去厨房洗碗。这一招还真灵，母亲往往会在吃饭的过程中，时不时笑着念这句顺口溜："先吃完不管，后吃完洗碗。"儿子分散的心便会立马收回，认真吃饭。有时，为了"照顾"儿子，暗地里鼓励儿子细嚼慢咽，我会故意放慢自己吃饭的速度，在冲刺阶段，"不幸"败给儿子，乖乖地在厨房里洗碗，儿子则高兴地拍手，一副胜利者的自豪姿态。

有几次，儿子丢下饭碗径直在旁玩耍，母亲警告他无效，她吃完饭便将孙子的碗筷以及桌上的饭菜收拾干净。儿子玩耍尽兴后哭着喊饿，要吃饭。母亲硬是不理他，说：要吃饭，等下一餐。如此几次，儿子怕了，再也不敢在吃饭时玩耍了。我对母亲这一做法不满，说："不要拿小时候对付我的那一套来，现在的小孩不像我们那个时候。"母亲说："对小孩娇生惯养，就是害了他。"

二〇〇八年，儿子十岁，我要去北京鲁迅文学院进行为期半年的学习。临行前，我最放心不下的，就是母亲与儿子。我担心母亲的抚养方式儿子适应不了。半年学习期满，我归心似箭，回到家，却见到儿子长高了很多，而且强壮了很多。儿子偷偷向我诉苦："奶奶餐餐逼我吃米饭，肉片切得又大又厚，夹在我碗里，要我嚼着吞下去。"我说："儿子，奶奶是对的。"当然，儿子不忘赞美奶奶的蒸蛋，说奶奶会时不时蒸蛋给他吃："味道好极了！"

如今，母亲不在南宁，没有生活在我们身边，时隔多年，儿子仍会时不时对我说："爸，蒸蛋给我吃吧。"但往往吃到我给他蒸的蛋时，儿子总是认为："比奶奶蒸的差点。"

步骤还是那几个步骤，原料还是那几样原料，灶台还是那个灶台，味道却不是那种味道，这是为什么呢？

母亲回故乡后，一天，我打电话给她，她说："我现在在村里的学校煮饭。"

村里的学校我是知道的，二〇一六年清明我回去听村支书说过。他说，村里有四五个很小的孩子，要跑到四五里路远的龙洲村完小读书，不方便，不安全，所以，村里自己想建几间房，申请要几位教师，让那几个小孩在村里读书。后来，我回到南宁不久，就听说村里新建的学校正式开学了，有教师两名。

母亲去学校煮饭，大概就是为那两名教师做饭吧。说实话，我是不赞同母亲这么大年纪了还去学校为教师做饭的。我希望她好好在家休息，不要太劳累。

我打电话给村支书，问他："村里那么多人，为什么单单叫我母亲去？"村支书先是笑着说："你放心，你妈很强健，她在家闲不住的。"接着，他很认真地说："一是因为你妈爱干净、整洁，看她把家里收拾成那样就晓得啦；二是因为你妈手脚麻利，做事干脆，不磨磨蹭蹭，不拖泥带水；三是因为你妈做的饭菜味道好。"村支书最后说："放心吧，她一天也就是做一餐——中餐，我们每餐付给她十块钱工钱呢。"

听村支书这么一说，我便不好再说什么。我打电话给母亲，将村支书请她去做饭的原因一五一十地讲给她听，母亲很得意，说："就是嘛，你以为谁都有资格去呀，村里那么多人，为啥个单单选我去？"

此后，我每个星期都打一次电话给母亲，问她在学校里做饭的情况。母亲说："没有老师说我做的菜不好吃，他们每餐都把菜吃得干干净净，连汤都吃完了。"

祭农具稿

　　故乡在远处静默。静默的，还有那幢老房子。母亲住在里面时，我称之为"乡下的另一个家"。母亲出门的间隙，我得以用"外来人"的身份，里里外外、仔仔细细、认认真真地打量这个"乡下的另一个家"。

　　空间广大，凉风悠悠；地板湿滑，泥土斑驳。少儿的记忆，借着某个物件走进脑海，像重新跃上水面的青萍，葱葱依旧、生机盎然。我的目光依稀，房子里的物件依稀，它们像躲在暗处里腼腆的老人，自惭容颜已改、活力不在；它们似乎自知时代变迁、尘埃飘散。此时，我的眼睛是灯光，舞台瞬间亮了起来，我努力地搜寻，那些物件，特别是那些家具，被探照灯打过来，它们泛着古锈的光泽，怯生生登上舞台，与我一起，叙述着曾经的四射华年——

锄　头

锄头是我俯下身子、顺手拾起的第一件农具，也是第一位进入我视线的朋友。它可能是乡间最常见、最常用，也是从古至今仍未被舍弃的农具。此时，它就立在我面前，秀颀挺拔、英俊潇洒，而又勤劳勇敢。

一个人，肩上多了一把锄头，你就是一个劳作的人。曾经，"劳作的人"成了"农民"的代名词，就像有一阵子，"散文家"仿佛成了"作家"的代名词一样。这样想时，我仿佛看到年轻时的父亲佝偻着背脊，跨过门槛，走进大厅。他放下扛在肩上的锄头，锄头跌倒在地上的声音，像他连绵不绝的叹息。

锄头的功能神通广大：可以培土、可以松土、可以挖土、可以挖草、可以种树。可以"破"，可以"立"；可以"建"，可以"除"。田间地头、水田旱地、家里家外……锄头都是一把好手。

我记不起是哪一年哪一天开始使用农具的，就像我记不起是哪一天去江河溪沟抓鱼捕鱼似的。我第一次扛上锄头也许不是去农田里，而是去我村口的那条水沟旁，我用它挖土拦水，然后用木勺舀水，再捉鱼捉泥鳅。也就是说，在我没成为一名正式的农民之前，锄头就成了我生活的伙伴之一，就像我没成为一名专业作家之前，散文就成为我涂鸦的文体之一。可以这么说，锄头是我成为农民之前操练的"武器"之一。

我记不得是从何时开始，锄头在我手中熟练了起来，我至今仍记得，我右脚趾的指甲被锄头削下来过几次，其血淋淋的场景，是对我"训练"不及格的惩罚。

祖辈们认为，如何扛锄头、如何使用锄头，是生长在泥土里的人的基本功。基本功不需要手把手地教，而是要你看在眼里、记在心上，随手练就的"本领"。就像连散文都写不好的人，很难想象，他会成为一个出色的作家。一个连锄头都不会使用的人，在我们村，是会招人嘲笑的。我觉得会使用锄头，是做农民的"准入证"；使用锄头后手心会不会起泡，则是检验你是不是一个合格农民的试金石。我第一次随生产队去冬修水利、挖土补坝时，还没有读到路遥的《人生》，后来，我认识了高加林，我在高加林手心里的血泡中，照见了我艰辛的生活，所以，我才会在路遥的小说里一遍又一遍地流泪。锄头的使用，将我与高加林的命运连在了一起。

在我们村，锄头有两种：长柄的和短柄的。长柄是最常见的，作用也是最常见的；短柄的，类似于镐头，是专门干重活、打硬仗的。短柄的锄头虽然柄短了，但锄头的铁加长了，它能吃更深、更硬的泥土，所以，挖深沟、打地基都要用到它。

以前，年底农闲，我总要拉着大板车，跟父亲去山上挖树兜（方言，指树干接近根部的部分），用的就是短柄锄头。树兜粗大，根吃得深，要挖去一大圈山土，方能一点一点将树兜挖出来。挖出来的树兜拉回来，堆在墙脚下，晒干，留到霜降下雪的日子烤火用。凡是用到短柄锄头的时候，就是使更大力气的时候，不像长柄锄头，有时靠的是巧劲。所以，使用短柄锄头常常更会让人手心起泡。父亲用短柄锄头开过不少荒地，全靠挖几下就往手心里吐几口唾沫润滑，手心才幸免于难。

如今，父亲去世几十年了，很多农具就这样随着主人的离去，也退出舞台。只有锄头还在，它转移到了母亲的手上。在乡下，七十多岁的母亲没有哪一天不使用锄头。母亲现在一个人种着两块菜地，每天都要去菜地里走走看看。给菜地除草、松土、积肥……都要用锄头来完成。如今，锄头放在屋子里最显要、最方便的位置。锄头站在大门的右侧，毕恭毕敬垂立等候，随时准备跟着母亲一起走出家门，奔向土地。从某种程度上说，现在，锄头是母亲最长久、最忠诚、最离不开的伙伴。她与锄头的对话，就是对自己的呓语，也是对自己身份及身体的认同。我正胡想着，母亲从邻居家回来，她手里攥着一小把菜秧，穿上雨衣，戴上斗笠，扛着那把锄头，挺身迈出了家门……

每年回家，都感觉故乡在发生变化，但乡亲们扛在肩上的锄头没有变，锄头的形态也没有变，锄头的功能也没有变。锄头一直在不断变化的生活和劳作的空间里，找到自己可以被利用的空间。

犁与耙

天地苍茫，山高水长；土地肥美，人勤春早。所谓"耕耘"，讲的大半是犁耙的事情。

犁，翻土耕地之用，由木制的犁体和安在犁身下方的铧组成。犁体曲线柔美，由松木或杉木制成。而由坚硬铁器打造的铧则呈锐利的三角形，是深入泥土最果决最勇敢的姿态，让人不由得联想到壮汉。犁铧，阴阳结合，刚柔相济，相辅相成，担当了农具的"二号"角色。

犁田是一门最讲技术的活。技术体现在犁铧吃进泥土的深浅上。犁铧入土的深浅要适度，入得浅了，掀起的泥土太薄了，禾苗的根系扎不深，扎不稳，矮小易倒伏；扎得深了，翻出的是生土、硬土，也不行，而且，牛也累，犁铧也易断。犁铧吃土深浅的掌握全是手上功夫。提按的变化，影响着犁铧吃土的深浅，而土硬土软一定程度上代表泥土的深浅，反映在牛行进的速度上，则是慢与快。当然，也不能一概而论，比如，遇到偷懒的牛，或年老力衰的牛，它走得慢，并非出力多，也并非吃泥深；遇上不偷工减料、力大无穷的牛，泥吃得深，它照样走得快。所以，犁铧吃土的深浅，全靠现场的经验。犁铧的走"飘"与走"死"，在于掌握牛行进的快慢，一头掌犁，一头掌牛，双手协调，手脚并用，是对犁田者最起码的要求。

犁田是乡下男人必须掌握的技能、必须毕业的"科目"。有的男人自从牵着牛，扛着犁铧走向田野，一两个月甚至一两个来回，就得其要领了，就熟练了，而有的男人，犁了几年了，也只会骂牛，骂牛不听话，骂牛偷懒耍赖。男人的骂声歇斯底里，往往招来自家女人的谩骂，女人往往不骂牛，而是骂自己的男人。

于是，男人、女人一起骂，牛就在这个时候使蛮劲，突然发力，田里浪花飞溅，犁铧咔嚓一声，断成两截啦！

好的牛，家里的犁铧也好，能用四五年。我家的最后一头牛在我家待了七年，是我家的成员之一，比我还了解我父亲，我父亲比了解我还了解它。父亲生病的那一年多时间里，之前精力充沛的它，也变得无精打采、眼屎蒙目了。而刚高中毕业、身为独子的我，则必须仓促上阵，去犁田了。

记得那个薄霜的早晨，彻骨的寒冷来自我对犁铧和牛的一无所知。我将所有的怨气发泄到牛身上，全然不知犁铧吃土的深浅，只知一味地高高挥起竹鞭，狠命地抽打黄牛。牛的无所适从正是我的无所适从。或者说，正是我的无所适从，传染给了牛，使牛变得无所适从。我的怨恨来源于我的不愿，来源我对泥土的憎恶。我一边跟着牛在田里慌乱地奔跑，一边斜眼看着站在田埂上的父亲。父亲用虚弱的头轻轻地摇摆着失望，我一下子觉得人生掉进了暗无天日的冰窖。

父亲感知他时日不多了，他将我叔叫到家里，嘱叔带着我，去山里找一根最老最硬的木头做成犁体。父亲去世后，我终究没有将那根木头做成犁体，我没有信心与勇气面对一副犁铧。我知道，我也将彻底地辜负我家那头任劳任怨的老黄牛。老黄牛也许预感到了什么，父亲走后，它时常以泪洗面，它的眼睫毛总是粘成黑糊糊的一团，从来没有干过。当我狠心地做出卖它的决定时，引来的不是牛贩子，而是邻村的屠夫。村里其他人的意见也是，它太老了，再也走不动了，不能再犁地了，趁它还有点肉，兴许还值几个钱，赶快卖掉吧。

一九九一年，正是人间四月天，莺飞草长时，我却忘记了耕耘播种。我背离了土地，那张犁铧再难拼成完整的图案，它散架的身型再也没有了昔日的神采，它与那张近一米高的耙放在一起，像是一对瘫痪的姐妹。

那张耙此时走进了我的视野，它生锈的耙齿已经看不到当年的锃亮。耙齿曾在泥土与水中穿行，它碎土、平地。它长方形的木架上伏着瘦小的父亲，它弯形的手柄曾紧握在父亲嶙峋的掌心里。

每年耕耘季节，犁完田，便是耙田。耙田就是将田里厚的地方推向薄的地方，将泥土推平。耙是赶泥的农具，有时，水将泥完全掩盖了，如镜的水面下，泥土的厚薄不均会让秧苗生长不适。泥土的厚薄在牛与耙的行走中得到了感知，耙齿在赶来赶去中，让整口田里的泥土平整起来。

耙田相对犁地轻松不少。小时候，我站在田埂上，见父亲有时会将一只脚踩在耙上，另一只脚空悬着，整个身子都压在耙上，让耙齿咬进泥里，仿佛坐在船上，在雪亮的水面上滑行。有时畅快了，还哼起《斑鸠调》《红米饭南瓜汤》等江西民歌，那是父亲最有诗意的时候。

如今，听说村里家家户户都买了小型手扶拖拉机，可以犁耙两用。年轻一代的农人，都不使用也不会使用犁耙了。犁耙慢慢脱离了农人们的视线。犁耙不在，勤劳的黄牛焉存？村人们也许只有在逢年过节从县城菜市场买回的牛肉中唤回"牛"的名字了。

犁耙行进的轨迹，贯穿了千年农耕文明的脉络。现在，它们退缩在灰暗的墙角，顽强地保留着一点点那个时代的印记。

镰　刀

镰刀，弯弯的镰刀，月牙儿形状的镰刀，现在，它就斜插在我家乡下老房子剥落的土坯墙缝里，像一位垂暮的老人，知道日子携云飞逝，不想出来透透新鲜空气。我轻轻走过去，不忍惊扰一位曾经所向披靡、如今"解甲归田"的功臣。我小心地将镰刀抽出来，一层厚厚的积土，随着镰刀的刀柄一并带出，我还看见它齿状的刀刃上裹上了一层灰黑的锈迹。

我将镰刀拿在手中，眼前浮现那些六月里虎口夺粮的情景。田野里到处泛起金黄的稻浪，风起，一波波，追逐向远方。生产队时，我只有资格看着父老乡亲们各执一柄镰刀，在田野上挥汗如雨。我顶多是放假之日，跟在父母屁股后面，拾几把稻穗，回家给鸡鸭当食。那时只是看着、跟着，全然没有体会到他们执着镰刀的手劲要多大，伸进稻丛中的速度有多快，当水稻倒伏、露出齐整整的稻茬，也从未体会他们的腰有多疼……

镰刀，挥舞的镰刀，在父老乡亲们的手中，是没有音乐伴奏的舞者，片刻不停歇地跳跃。待到它被我握在手中的时候，是家庭联产承包责任制实行的第一年。它被我松松垮垮地握着，像随时要掉落下来。父亲提前一个多月就为我买了那把镰刀，为此，他特地跑了一趟县城。他对我说：你长大了，该为我们分担农活啦。我看着镰刀的新齿泛着狰狞的白光，心里打着寒战。

母亲在一旁告诉我说：镰刀要斜着拿，割的时候，要微微地向上提起来用力，左手要将镰刀抓紧……对！对！就这样！用力！一株水稻一口气，那口气松了，那股力就散了，力气一散，那株水稻就割不断，又要再用一次力了。母亲说得容易，但我做起来很难。我有几次由于脚没有及时迈开，把脚趾头割破了。

使镰刀时，手上的力其实也连着腰上的力，不大一会儿，手不疼，腰疼，腰一疼，就想直起来休息一会儿，腰一直起来，就不想再弯下去，就想将镰刀丢了走人。抬头看天，太阳像一个火盆，正烤在头顶，其一动不动的姿态，就像对一位挚爱的人一往情深。可恶的日头，你快点跑到山的那一边去吧，别让我看到你。看不到日头，天就黑了，天黑了，就能回家，回到家就能四仰八叉躺在床上休息几个钟头啦！但日头总是不听话，等着看我的笑话。起初，母亲还蛮有耐心，她总是鼓励我：拿出后生的劲来！一次把水稻割断！她见我割不了三四分钟就皱着眉头直起腰，一动也不动，就对我说：看准前方，然后弯下腰，一鼓作气，一直割，一直割，割到田埂的那头！

我辜负了母亲，也辜负了镰刀。镰刀存在的哲学蕴含在母亲朴素的话语里。年少轻狂、心急气躁的我，与其说是没有气力，还不如说是轻慢脚下的土地，不屑一分耕耘一分收获的遍野稻谷。我甚至在果实长熟的季节都懒得去付出气力采摘，我只想做个衣来伸手、饭来张口的子弟。只可惜注定要失败，注定会招致嘲笑，甚至批评与谩骂。后来，母亲对我彻底失望了，她对我的要求一再降低，降低到听之任之，任我散漫偷懒。当我再一次弯下腰，远远地跟在父母的屁股后面，我感觉我彻底被他们抛弃了，同时，也被土地抛弃了。我的内心被掏空了，我认为我身上什么都没有了，什么都没有资格拥有。我低下的脸，不知是因为泥土里蒸腾起的热气，还是因为被折得生疼的腰，我满脸的湿气，分不清是汗水还是泪水……

镰刀，弯弯的镰刀，月牙儿形状的镰刀，此时，就握在我手上。我手上握着一把镰刀，眼睛却在寻找另外的地方。我在寻找另外两把，我将目光投向他处，我的目光沿着一束光追去，那束光引导我走向一扇窗户。窗户被母亲用塑料薄膜简单地糊住了，塑料薄膜上印着窗棂的图案，还有一个月牙状的图案。没错，那是一把镰刀，它斜依在窗棂上，它的身躯微翘，仍保留着某种力道。

机器轰鸣，田野震颤。如今，大型收割机、中型收割机以及小型收割机奔跑在乡间的马路上，没有人问它们来自哪里。驾驶室里的面孔一律是陌生的也不要紧，重要的是他们的机器干一天活能顶十几二十个劳力干一天。割稻、脱谷、装包，一个流程，一气呵成。以前，我家十来亩地，三口人，起早贪黑，要花十几天才能用镰刀割完。现在，同样的面积，只要地势平坦，收割机收割一个上午就干完了。

扁　担

"扁担长，板凳宽；扁担要比板凳长，板凳要比扁担宽；扁担想要绑在板凳上，板凳不让扁担绑在板凳上，扁担偏要绑在板凳上……"我是在知道这个绕口令之前认识扁担的，不然，我一定会认为扁担是死缠烂打的"无赖"呢。

其实，扁担是最独立的，它只是直直（或微翘）的那么一根，就要挑起生活的重量。我最佩服的是，有力气的人，重重的担子压在肩上，它却嘎嘎轻响，唱起富有节奏的、欢快的歌谣。

在我老家的屋子里，有两根扁担，一根木头做的，一根竹子做的。你要问木头做的结实，还是竹子做的结实，我也回答不上来。你非要答案，到农村来挑几副担子就知道啦。这时，表面上看，扁担是主角，其实，真正的主角是挑东西的人。在乡下时，母亲经常埋怨我"连只母鸡都能绊倒"，意思是我没有力气。没有力气，多半指的是我脚下和腰上没力。脚下和腰上没力，就撑不起肩，肩上没力，就挑不起重的东西，挑不起东西，做农民就不合格了。

其实，自从在小学课本里读到《朱德的扁担》起，我就知道自己将来做不了一个合格的农民。小学四年级时，学校组织学生去山上砍柴，未成年的我肩嫩，十几斤的木柴，担子一上肩，腰先弯了下去。要不是跟在后面的班主任替我接过担子，天黑我也到不了学校。我人没力，却很贪玩。有一次，我去山上砍柴，下山时，跳到江坝下游泳，被漩涡卷得浮不上来，小伙伴急中生智，抽出挑柴的扁担，将我拉了上来。

别看一根光秃秃的扁担，其材质可大有学问。嫩竹、嫩木是不能做扁担的，必须是经了风霜的才行，或者是到了一定年龄的才行。做好的扁担最好用火烘烤一下，这样才更柔韧，不易断裂。不过扁担断了不要紧，父亲会再做一根。我们村里人的扁担都是自己做的，我们村里的男人都会自己做扁担，自己做的扁担知道能挑多重的担子，更晓得做自己能挑多重的扁担。自己用的扁担，当然自己做好；自己挑的担子，当然用自己做的扁担。

上学的时候，我的学习成绩一直不好。父亲不认识几个字，我每次放假拿了成绩报告单回来，父亲让我念分数、念老师的评语。这时，是我尽情发挥的时候，但谎话说多了，总有胆怯的时候。父亲见我神情有异，也不点破，亦不追问，更没有去找村里别的同学求证。父亲是那种一辈子几乎不跟别人撕破脸的"大好人"，即使面前站的是他犯错的儿子，他也很少责备。他只是怔了三四秒钟，接着，艰难地点燃一根劣质的香烟，吐出一口烟后，又想了想，转过身，慢慢走出房间，人已迈出了门槛，声音才飘过来："读书比不得田里挑担子，你挑不起，我们可以去接一接你。读书全靠你一个挑……"我能从父亲缓慢的语调中读出他的无助，这种无助是我传递给他的，是一种比物质更沉重的东西，不是压在他肩上，压在他肩上他不怕，而是压在他心上，他感觉比我更累。

沉默寡言的父亲，此后抽烟更加猛烈频繁。我几经艰难才考上高中，几年艰难的高中读下来，却连高考都没资格参加。父亲日益消瘦，终患绝症，撒手人寰。我知道，忍辱负重的父亲，一副田间的担子绝对压不垮他，而精神上的重压与抑郁却是让重病趁隙而入、夺走他生命的原因。

父亲将他生前的那副担子放在了我柔弱的肩膀上，从此，害怕挑担子的我，只好硬着头皮接过父亲的担子，顽强地承担起了当家做主的责任……

"扁担"既有形，又无形；"重量"既有形，又无形。"扁担"时刻在肩，日子拽着我们飞速奔跑，你感觉累吗？

脱谷机·风车

脱谷机的嗡鸣，是稻谷成熟的声音，也是那时我开始头疼的时候。别家的脱谷机踩响了，就意味着我家也要开始收割水稻了。一想到早上四五点钟出门、晚上七八点钟收工、累得倒在床上连脚都不想洗的日子，就感到心惊肉跳。

有一段时间，我记得是没有脱谷机的，只有谷筒。割下的水稻，高高抡起，在谷筒里砸，将谷子从稻草上一粒粒砸脱下来。谷子砸下来，一些稻草也砸断了，跟谷子混在一起了。

家庭联产承包责任制实行没两年，脱谷机诞生了。脱谷机有齿轮和滚筒，滚筒上有八九根木片，木片上布满了弯曲的铁钉。踩动齿轮，带动滚筒，滚筒转动，将水稻放在转动的滚筒上，水稻上的谷子便被磕碰下来。起先，滚筒上方的四周是用简单竹竿支起的一个简单架子，架子上东拉西扯的是一些尿素袋子之类的，轻便倒是轻便，但容易散架。架子散了，谷子便纷纷飞溅在田里的泥地里，浪费极大。后来，架子改良了，做成了木板，左边一块，右边一块，顶上一块，后面一块，四块木板结实地铆在一起，拼接成一个密实的棚，就再也不必担心漏谷子了。

收割谷子需要手劲和腰劲，踩脱谷机则需要脚劲与腰劲。有劲也要小心，踩得快了，滚筒转动得也快，拉扯稻谷更吃劲，一不注意，人会被扯进去，那就危险了。

父亲说，他一生没进过学堂，但他会用毛笔写他自己的名字——陈接念。他用正楷端端正正地将他的名字写在滚筒正上方的那块木板上，然后，在他的名字后面打上一个括号，括号里写一个"上"字。父亲还在另外三块木板上依次写"左""右""后"，以防每次拼接脱谷机木板时出错。我从来没教过父亲认字、写字，我不知道，从没进过学堂的他是从哪里学会那几个字，并且会写的。我也从没看见父亲写过其他的字。

脱谷机最好是两个人踩。父亲每次都要遭母亲数落，说父亲的脚力拖沓，没有节奏，把她的节奏打乱了、拖散了。有时，踩着踩着，母亲会厉声将父亲赶走，说不如她一个踩。这时，寡言的父亲便会默默地收起脚，走到脱谷机旁边去绑稻草。他一边绑稻草，一边斜眼偷偷看着母亲。他一是看母亲的神色，看她的神色是不是缓和下来了；二是看母亲的脚，看她脚下的速度是不是慢下来了。父亲往往会瞅准机会，在一个合适的时间，重新默默地走上去，继续踩着脱谷机……

谷子脱下来，经过筛子简单筛选，大片的叶子被选出来，留下谷子，装成筐，或装在袋子里，挑回来或运回来，在太阳底下晒，晒一天的日头，到太阳快要下山时，要收稻谷了，收之前，风车上场了。

笨重的风车像一匹昂首的木马。它是木制的，有扇叶，用手摇转，使扇叶转动生风。风车上方有一个三角形漏斗，漏斗下方有一块木板顶住。往漏斗里倒晒后的谷子，扇叶转动，木板移开，谷子往下流，在往下流的过程中，饱满圆实的谷子就会往下继续流动，流向竹筐或袋子里，秕壳、枯叶或灰尘则被风吹向另一个出口。稻谷的好坏，通过风车立见分晓。

晒干了的稻谷，除留足自己吃的之外，其余的要运到县城或乡里粮站去卖。热闹的粮站四周，熙熙攘攘，车来车往，人头攒动。粮站收购员执一把带沟槽的锐利铁器，随机抽查稻谷。他用铁器刺进袋子里，再抽出来，铁器的沟槽里就带出一些谷粒来。收购员将带出的谷粒拿出一颗放进嘴里嗑嚼，看稻谷是否晒干了。如果"扑哧"一声脆响，收购员会轻轻点点头，扬手让车过去，或者示意稻谷上秤，如果没有嗑出响声，他会毫不犹豫叫拉回去再晒。

我在很小的时候就知道，晒干的谷子与晒得不怎么干的谷子堆放在一起，干的、湿的谷子都会霉变。这几年，再回故乡，听村民说，现在，对稻谷的干湿基本上没有什么要求了。稻谷经收割机运回来，也不用晒，粮贩子当场来收购，多少钱一斤，马上装车，立马给钱。昔日村里偌大的晒场，早在七八年前就没有了，让村里人的新房占据了。种田的人没有晒谷这个环节，在少了一些辛劳的同时，似乎也少了一些其他什么东西。村民们因为不晒稻谷了，所以，连自己的口粮也要从粮贩子那里买。在我们村去县城的沿途，有两三家粮贩子开的粮站，听说，他们将收购的湿的稻谷通电、加热、烘烤，之后碾成米出售。粮站里的老板都是本地人，几个人拉个手，就凑在一起做大米生意。

不用晒谷子，的确让村民们省却了很多时间，风车的使命终结了。

"在家愁闻砧，砧声为客衣。在客愁闻春，春声为客饥"。园里有瓜菜，屋外有鸡鸭，有自酿的美酒，三杯两盏，尘器忘却，忘却了犁与耙，忘却了镰刀，忘却了脱谷机，忘却了风车，也忘却了自己……

此时，母亲不在家，扛着锄头出门了。我站在老屋潮湿而昏暗的地面上，长久地凝视着那些沉默的老农具，回忆起我以前的那些不堪，现在，它们已随父母，正慢慢老去，或者朽去。乡村所有的劳苦与深邃，此时都凝铸于一柱沉默的目光里了。

临果树帖

在我的故乡，果树可能是一种千年的存在，它们枝繁叶茂，掩映一座村庄的历史；它们仪态万千，点缀在村庄的各个地方，记录一座村庄的性格。而村庄的每一寸土地都是芳香生津的素笺，走近果树，描绘果树，宛如一次临帖的过程，而最后呈现的模样，是在硕果累累的豪气中得到体现的，是山河浩荡、季节回响。

果树与乡人们朝夕相处，便有了一种熟络，如左邻右舍，虽不是家人，但那也是一种亲，自自然然，平平淡淡，关系牢靠。

离开故乡多年，想起村里的那些果树，像翻开一本名帖，上面的一个个汉字，就是一株株果树，启动记忆，品读笔画，一枝一叶总关情；拿起笔，想临几个字，那些果树就慢慢在心里生长了出来，招摇着枝叶，摇坠着花果。

如今，我依然有想念，依然记得它们是什么模样，长在什么地方，开的什么花朵，结的什么果子，就像才刚刚见过面一样……

柚子树

二〇一八年，我回了两次乡下的老家。一次是清明节，那时，果树萧瑟，胆子大一点的，也只是怯生生地露出新芽；一次是暑期，那时，万物葱郁，特别是我家老屋前陈接会老师家庭院里和陈梅根家门前的池塘边，两株柚子树上，已经挂满柚子，它们已经有大人的两个拳头大了，像秤砣一样垂着。特别是陈接会老师庭院里的那株，柚子像叠罗汉似的，紧紧地搂抱着枝干。其胖嘟嘟的样子，实在憨态可掬。陈梅根家的那株呢，因为长在池塘边，有三四个柚子，紧紧地贴着水面，"对镜贴花黄"，真怕它们只顾影自怜，不知身子越长越胖，哪天不慎落到水里。

两次回乡，唯有柚子树以一树的绿意迎我。也难怪，柚子树是四季常青树，无论是严寒的冬天，还是炎热的夏季，它们都生机勃勃。柚子树的绿叶为椭圆形，肥大，层层叠叠地伸展着。在整个老历的三月，村里的柚花都在盛开着，香气扑鼻。特别是到了傍晚时分，大地浸润在霞光中，浓绿的枝叶间，依稀可见若有若无的、点点细碎的白光，白光发出的香气，像薄薄的夜色，神秘、缥缈。低头看地，站在覆雪一样的柚子树下，感觉自己像要飞起来，却始终在人间。

我家是有一株柚子树的。那是祖上留下来的吧。爷爷不止一次在我面前吹嘘他祖上如何如何显赫，而我却没见着祖上留下什么珍贵的物什给爷爷。祖上的显赫其实是千真万确的，我听村里其他德高望重的老人说：但都被你爷爷的父亲败光了。总之，他们留下来的念想，除了那幢斑驳的老屋外，可能就是菜园里的那株柚子树了。

那株柚子树有四五丈高，主干虽不是很粗，但遒劲，一些表皮快要剥落了，像个满手生茧的老人。那时，我家与叔伯家不但同住在一幢老房子里，连菜地都连在一起。柚子树长在三家菜地的中央，爷爷临死都没说明归属权，那就意味着是我们三家共有的。伯父有七个女儿，叔叔有三个女儿一个儿子，父亲单传我一人：三户人家，光孩子都有十二个。那时，还未到七八月份，柚子树上的柚子不及我们的拳头大小时，我们的目光早已馋得那些柚子摇头晃脑了。如果谁家的孩子率先用竹竿捅，马上就会引来另一家的孩子挤过来用竹竿捅。如果遭到大人的呵斥，呵斥的不是自家孩子，则会招来大人与大人之间的吵闹，他们吵的永远不是谁家的孩子多争夺了多少个柚子，而是那句话：你们先捅了，我们为什么不能捅？至于捅没捅下来，捅下来怎么分，好像都不在争吵的范围。而事实是我们很少真正去争夺一个掉在地上的柚子，也很少真正去剥皮吃完一个柚子。因为在若干年以前，我们都吃过树上的柚子，一口涩涩的味道，实在难以下咽。刚开始时，我们以为是没长熟，等成熟的季节到了，摘下来再尝，仍是那种味道，我们便认为是品种不好，不适合食用。

后来，我们才留意到，我们家那株柚子树上的柚子，不管长多久，个头就是比村里其他人家的柚子小，不是小一点点，而是小得多，不但皮薄，里面的肉也少。人家的柚子剥开来是饱满的，我们的柚子剥开来是干瘪的；人家的柚子水莹莹的，我们的柚子干巴巴的。我们甚至埋怨祖上不但将家业败光了，而且还将一株柚子树也败坏了。我们摸着饥饿的肚子，站在柚子树下无可奈何。

年少无知的我们只能将目光投向别的柚子树，投到别人家的柚子树上，投到夜间的别人家的柚子树上。我们的目光瞄准了我们隔壁陈福根家的那株柚子树上。陈福根家的那株柚子树生长在他家旁的池塘边。池塘是全村人的池塘，村里三分之一的人在那口池塘边洗菜洗衣服。

陈福根家的那株柚子树应该算是村里最大的一株柚子树，其在开花的季节能将池塘一半的水面漂白。那些棉絮一样的花瓣让年少的我们微波荡漾。我们的目光始终没有离开那株柚子树成长的过程。从开花到结果，果子慢慢变大，到我们的目光随着那些足球般大小的柚子直垂到池塘的水面时，我们的心思便开始不安分起来。

堂姐当时是我们同辈人中年龄最大的，她的身材因饥饿而像她的辫子一样短小，但她的胆子却很大。她坚持要在某个夜晚去摘陈福根家柚子树上的柚子。那些硕大的柚子膨胀着我们的胆量。堂姐为了表示她的决心，不惜再拉上她的两个妹妹。于是，伯父的前三个女儿组成了一支队伍，这支队伍也煽动了我。她们强烈要求我入伙，借口是有责任让堂弟也填饱肚子。她们还说，我是过继给她们父母的儿子，所以，我等同于她们的亲弟弟。

我们轻手轻脚地来到池塘边，浓密的柚子树的叶子刚好给了我们天然的掩护，堂姐执一柄长长的渔网走在前头，她的两位妹妹都拿着竹杈，紧跟其后。她的妹妹们熟练地伸出竹杈，对准一个贴近水面的柚子，扭动枝叶，堂姐的渔网也对准了柚子下面。她的两个妹妹将柚子上方的枝叶绞得紧紧的，用力一扯，柚子应声而落，我的心正往下一跳，柚子却被堂姐稳稳地接在渔网里。堂姐急迅将渔网收回，从网底抱出柚子，递到我怀里，又伸出渔网……如法炮制，两三个柚子便悄无声息地落入了我们的怀抱。

直到堂姐不再伸网出去，我们的行动才结束。接着，我们四人躲进我家的牛舍里，里面不但关着牛与猪，还堆着稻草与柴火，宽大而温暖。我们谁也不说话，轻手轻脚，紧张而熟练地将柚子剥了皮，狼吞虎咽起来……吃完后，我们借着从窗外偷溜进来的月光，将柚子皮收拾干净，丢到村口的围墙外去。

现在回想，陈福根家知不知道我们偷了他们的柚子呢，应该是知道的吧，只是念我们年少无知没有追究罢了。如今，我们家的菜园因为建房，早已填掉，陈福根家的那株柚子树也已让道，砍掉当柴烧了。只有陈福根家旁的池塘尚存，但水质变污浊、水量变浅薄了。父亲三兄弟早已各自分了家，父亲与叔叔也早已仙鹤缈缈了。每年回乡下，我都要到处转转，特别是转到昔日的牛舍前，我总要一个人站着，静静地想，仿佛闻到了淡淡的柚子香……

桃 树

尤记得，小时候，村里的桃树很多，但好吃的桃子实在太少。于是，村里人都怀疑：这一方水土，是不是不适合种桃树？倒是邻村的卢家村，在一处与我村稻田相隔的菜园里，有一株桃树，每年结出的桃子又大又甜又脆口。桃子熟时，桃树主人家的孩子带着桃子在上学路上在伙伴们的手中左传右传，传来传去，总有一两个传到我手里，于是有幸尝到，便认为那是世上最美味的桃子了。

我们村里桃树结出的桃子又小又苦，不好吃，但奇怪的是，开出的花却特别繁密热闹。每当三至五月间，很多人家菜园的篱笆墙里，冒冒失失就冲出一树桃花来。桃花是白色的，白色中有麻麻点点的花蕊，像洁白无瑕的少女脸上平添了几粒小雀斑，煞是可爱。

读小学的我暗暗下定决心，一定要栽出一株能结出甜美果子的桃树来。春天的时候，我逛到与我们村相邻的卢家村里，见到了一株两三尺来高的桃树，细长的叶子，如弯弯的柳眉，清秀俊逸，惹人爱怜。我便认为它是一株能结出好吃的桃子的桃树的子嗣，欣喜若狂，小心地连土挖起，拎到我家菜园里，好好地栽下去。我发誓，一定要精心呵护，让它健康成长，快长快大，开花结果——开出世界上最美丽的花，结出世界上最甜美的果。我几乎每天都去菜园看它。父亲知道那株桃树是我栽种的之后，去菜园时会特地给它施上一点肥。

小桃树的叶子起先是鲜嫩的，浅绿色的，透明的。后来，长成了青绿、深绿，那些叶子拉着枝条往上长。暮春时，菜园四周的篱笆墙已经长得很厚实、很紧密了，一些柳条、竹条拼命地往上蹿，有的还手拉着手，互相缠绕在一起。那株桃树被它们包围在一起，它努力地推开空间，昂起头，向着天空尽情地呼吸。母亲认为桃树是后面来的，不是用来护卫菜园的，更重要的是，她像其他村民一样认为，我们村是不适合栽种桃树的，村里所有的桃树都证明它们结不出什么好果子，这株也不例外。所以，母亲每天进菜园，她首先关注的是菜园里的菜长势如何，菜地里有没有家畜进来践踏菜，至于那株桃树长得如何，她看都懒得看一眼。

我除了上学和在家干一些必须干的农活外，一有空，就去菜园看望那株桃树。后来，我到乡里读初中了，一个星期只能到菜园看望它一次。桃树并没有因我的疏离而自暴自弃，反而长得更快了。一些枝条已冲出篱笆墙，长长地伸展了出来。母亲也不再嫌弃它了，到菜地里浇水施肥或摘菜时，路过桃树旁，会侧着身子，避开那些冒失的枝条。

一个周末，我吃过午饭，背着一个星期的干粮，与村里的伙伴一起去学校。走在半路，他突然问我：你爸真的不行吗？你妈真的不能再生了吗？我一下被这个问题激怒了，但却一时不知道该怎么回答，只能加快脚步与他甩开距离表示我内心的感受。我一路快走，一路总是逃不开不想。是啊，我都读初中了，爸妈仍然没有要第二个孩子，我好多年前隐隐听别人说，我爸妈是在我堂叔的带领下，去吉安市人民医院治疗后才有了我的……我从来没有认真地想过，爸妈自从生下我之后，为什么没有再要一个孩子。在那时，村里人觉得家里只生一个孩子是不可理喻的事情，是会遭人议论与嘲笑的……

从此，那个问题像一只蚂蟥一样，吸附在我身上，想扯掉都难。有时，我站在那株桃树下都会想，想着想着，突然希望它能长得更快一点，我恨不得上前去拉扯它的枝条与枝干，希望它能一夜之间开花结果……

记不得那株桃树是哪一天开始开花的，仿佛一夜之间有人拿笔在枝头上偷偷地点了几下，四五朵桃花就羞答答地立在枝头了。接着，三四天早春的阳光暖暖地一照，又有四五朵像竞赛似的跑出来了，另有几粒花骨朵饱满欲绽，急不可待地想冲出来。

桃花是白花，像村里其他桃树一样，但我对它是抱着极大期待的。我坚信这一株不是村里的"那些株"，而是卢家村的"那一株"，我展望着它在第一年就能挂果，而且是那种甜美的果。我的心残忍极了，我巴望那些花儿早点落下，早点结果。我看见父亲与母亲那几天脸上的皮肤也是展开的。母亲甚至说，要把它从篱笆墙里移出来，单独栽在后门的空地上，用废弃的鸡笼围起来。但父亲说，等等看吧，等它结一年果，明年再说吧。

我开始憧憬村里一株新的桃树要结果的情景，我真的真的很希望它能改写我们村的"桃树史"。但是，那树上的花，白到极致后，突然砸落，它落下的地方是一片空白。寒冬来的时候，我看着满天的飞雪，看着一树光秃秃的枝干，头脑也一片空白。我觉得那一年我一事无成、庸庸碌碌，枉过四季。我不知道该埋怨谁，我不知道发生了什么，为什么会是这样。但，我又一想：开花了一定会结果吗？——这个问题像一个突兀的难题，让我百思不得其解。那株一无所获的桃树，将我推向绝望边缘……

父亲与母亲比我更早地绝望了，他们几次说要将它挖出来，当柴火烧了。他们的理由是，桃树将一些柳条和竹条推得太开了，露了缝隙，万一哪天有鸡有鸭从缝隙间钻到菜地里就完了……我表示反对，哀求他们再给它一年时间，但他们等不及了，待我春节后去学校回来，他们已经将它砍成了几截，堆放在墙脚，晒成了枯枝败叶。我的"桃树成长梦"幻灭了。

来到广西的首府南宁，我每年都会在不同的地方赏到桃花。南宁的桃花与故乡的桃花最大的不同是，都是红色的。每年春天，石门森林公园、青秀山等地，就连一些小区和学校校园，也是一丛丛、一簇簇、一片片，宛如红霞，染红了一方天地。让我宽慰的是，这些桃花谢完之后，大多也是不长果的。城里看桃花，纯粹为欣赏，压根儿就没想它结果。有那么一个多月，那些桃花是全市人民的宠儿，花落之后，人们几乎忘了这座城市哪里有桃花。那些桃花"销声匿迹"十来个月，只有在盛开的季节才有"存在感"，但桃花仍然开它的，谢它的，遵照自然规律，顺应四季，我行我素，肆意妄为。

在南宁，还有两种"桃"，但都不是传统意义上的"桃"。一种是杨桃，切开来侧看呈海星状，一片片，微酸，听说含有极丰富的维生素C；另一种是扁桃，像芒果，在我所住的小区，路两旁栽的全是扁桃树。扁桃树开花，一团团，淡淡的黄，一夜中雨，第二天早上一看，地上全铺满了花，像木材加工厂刚锯出来的木屑。扁桃长到鸡蛋大小时，并没真正成熟，但大家都纷纷用竹竿去挑。扁桃掉下来后，可洗干净，切成块，用盐和糖腌制起来，做成"酸嘢"。南宁有句话说："英雄难过美人关，美人难过酸嘢摊。"可想这些亚热带水果腌制成的小吃多有诱惑力！

但不管如何，我还是怀念老家的桃树。这几年，我有机会回去，在村里闲逛，竟然没见到一株桃树。印象中有桃树的那几个地方，不是建了房，就是铺成了水泥公路，我竟然再也没看到过老家的桃花盛开了，更别说吃到老家的桃子。尽管不怎么好吃，吃不到，居然还有点想念呢。

我不知道乡亲们砍掉那些桃树时，是怎样的心情。不过，我站在桃树的立场想想，当面对乡亲们纷纷举起的斧头，又是怎样的心情呢？它们是不是觉得自己"活该"呢？

我想起日本作家川端康成修行的心得，他说："凌晨四点醒来，发现海棠花未眠，如果一朵花很美，那么有时我会不由自主地想'要活下去'。"不过，川端康成毕竟没有坚持活下去，难道是因为没有看到一朵很美的花？

桃花很美，不管桃树结的果是苦是甜，或者压根儿就不结果，但桃花有美得让我们要好好活下去的坚强理由，不是吗？

枣　树

鲁迅先生在他的名篇《秋夜》的开头这样写道："在我的后园，可以看见墙外有两株树，一株是枣树，还有一株也是枣树。"那时记下这篇课文，只是觉得他这样写真是好玩得很，我想，我们村也有两株枣树，为什么我就没有想到这样写呢？

我们村的两株枣树，一株在陈年秀家的园子里。陈年秀家前门正对着我家后门，我们两家是一前一后的邻居。那株枣树栽在陈年秀家前门的旁边，也就是我家后门的旁边。那株枣树下面成了我们小伙伴玩耍的乐园之一。一是每餐饭时，我们端着饭碗在枣树下吃饭，分享碗里的菜；二是放学回来，我们经常在枣树下玩耍。

小时候，吃饭时，我在饭桌上坐不了三四分钟，便夹几筷子菜，端起饭碗就往外面跑。去得最多的地方，就是陈年秀家的那株枣树下。陈年秀的父母有时也会与陈年秀他们一样，端着饭碗到枣树下来吃饭。特别是盛夏季节，家里实在太热，枣树下吃饭的人更多了，因为那时不像现在，家家户户有电风扇，或者空调，所以，到室外比在家里凉快。枣树叶子不大，难以遮阳挡雨，但外面好歹有风，看着满树铜钱大小的叶子上下翻飞，欢呼雀跃，也顿感凉快呢！我伯父家的几个女儿也经常端着饭碗到枣树下来，她们会向我碗里探看，因为她们老觉得自己家里没什么好菜，而我家经常有好菜，于是，瞅准我碗里的好菜，会趁机上来夹一两筷子。

那时，我算是年纪比较小的，他们便会欺负我。说是"欺负"不是太准确，应该说是喜欢逗我玩，或是搞恶作剧。有一次，陈年秀的父亲低下头，盯着我手中的饭碗大叫一声："你的碗底有一只大蜈蚣！"小时候，我最怕蜈蚣，听他一叫，吓得不假思索连忙将碗翻过来，还惊叫："在哪里？"话音未落，饭碗底朝天，饭倒得颗粒不剩。

他们见我的狼狈相，哈哈大笑起来。我这才明白被他耍了，饭倒了之后，我不敢说是倒了，而是说吃完了。后来，母亲听到这个笑话后，有两三个星期不准我端碗到外面去吃饭。

说实话，那株枣树真是丑啊，树皮一点也不光洁，皱巴巴的；身材也不挺拔，背勾勾的。枝枝杈杈也是歪歪扭扭的，没形没样。每年夏天开花时，也不提醒我们一声。它不提醒，我们也没有留意，花小得我们几乎看不见，要往那些叶子下面仔细瞅，才能瞧清楚。那些花真细呀，一阵雨来了，就落了很多，落到石头间的缝里，像泡开的鸡粪一样。

枣也是一声不响、小心翼翼长出来的。到了秋天，陈年秀第一个爬到树上去。他是第一个宣告枣成熟的"发布者"。陈年秀绝不吝啬他家的枣，他像猴子一样爬到树上后，见到有一点红的枣就摘，整株枣树都跟着他兴奋地颤动起来。他一边摘一边往自己的嘴里塞，当然，他还不忘一把一把地往树下丢。他的父母看到了，仰着头，冲着树上骂。陈年秀的弟弟妹妹在树下抢得很欢。我们也趁机大胆地抢起枣来。

关于枣树的记忆，还跟一个外号叫"六脚"的人有关。"六脚"是附近塘边村人，大概因为他有一只脚有六根脚趾头吧，所以得此绰号。至于他究竟有没有六根脚趾头，我们谁也没有见过。"六脚"家会做糖，我们叫它"板板糖"。"板板糖"轻轻盈盈地摊在竹筐上，上下各有一层塑料薄膜垫着。"板板糖"是需要拿东西来换的。换的东西有很多，有鸡毛、鹅毛、鸭毛，以及牙膏、瓶子、烂凉鞋之类的。那时，我们发觉，枣不能填饱肚子，甚至不但不能填饱肚子，而且好像越吃肚子越饿。所以，当我们远远听见"六脚"敲着铁片，就早早地从枣树下散了，去各自的家里拿出平时积攒的交换物来交换"六脚"的"板板糖"。"六脚"每次经过枣树下，都不由自主地抬头望望树上，他是怕我们从树上丢东西下来砸他。

"六脚"这样做是因为心虚。他得罪过我们。"六脚"很小气，我们给他很多交换的东西，他就给我们橡皮擦那么大的一小块"板板糖"，放在嘴里还没开嚼，就塞在牙缝里，需要歪着嘴巴，用手抠出来，放在嘴里继续嚼。我们都骂"六脚"小气，"六脚"却不恼，仍然皮笑肉不笑，用薄薄的刀片，小心地、轻轻地敲一小片"板板糖"到我们手上。我们实在拿他没办法，就在知道他来时，让两个人埋伏在枣树上，怀揣几块枣一样大小的石子，顺便也摘几颗枣，一起放在衣袋里，待"六脚"到枣树下，树上的小伙伴就朝他砸小石子，也偶尔丢几颗枣。石子与枣同时砸在他头上，起初，他还真以为是风吹枣落呢。如此几次，"六脚"觉得不对头，就警觉地抬头看树上。当他确认枣树上有人向他丢石子后，就生气地放下担子，扬言要爬到树上来抓人。但当他放下担子时，从小巷里冲出的几个小伙伴，就掀开竹筐上的塑料薄膜，扬言要抢他的"板板糖"。我们虽然喊"抢"，但也只是吓唬吓唬他，绝不敢真动手。"六脚"顾得了树上，顾不了树下，只好抖动着肥胖的身体，气喘吁吁地驱赶着我们，临走时，还不忘捡几颗掉在地上的枣，揣在口袋里。

写了大半天的枣，其实，陈年秀家的那株枣树，结的枣不大，最大的，也大不过大人们的大拇指头。而且，很少见到通红的枣，因为大多还没等到长红，就被我们摘完了。后来，我去了县城，见到了摊上卖的枣，才知道别的地方的枣比我们村的大，而且整颗枣都是红的，红透了，核小肉厚，厚多了。再后来，我到大城市，在一些超市里，看到了新疆的红枣干，新疆的枣就是晒干了，都比我们从树上摘下来的大得多，而且甜得多。二〇一七年，我出差陕西，去了西安，见到一种红枣，有乒乓球大小，导游小姐说，那是"狗头枣"。相比之下，我们村里的枣那真是不好意思拿出来。

二〇一八年暑假，我回了趟故乡，在村头村尾、村里村外逛了一遍，只在堂弟陈小平家门前见到一株枣树。当时，上面零零星星地挂着点点青枣。我带儿子去他家看望他刚出院的妻子，站在树下，看了几眼。堂弟以为我们想尝一下他家的青枣，连忙奔过去，寻摘了半天，有一斤的样子，用红色的塑料袋装着，硬塞到我手上来。盛情难却，我接过，草草冲洗，放进嘴里，却不甜不淡，不浓不寡，一种说不清楚的味道，全然没有童年的那种记忆了……

枇杷树·柿子树

二〇一八年十二月二十九日，我去南宁市宾阳县武陵镇六蒙村扶贫，时值寒风凛冽，南方少有的低温天气让我在这座小小的村庄觉得寂寥不已。我将目光投向那些不知名的细碎的野花上，它们在残垣断壁的缝隙间独自开放，肆意盎然，给这萧瑟的冬天增添了浓浓的绿意。如果不是车子催促，我一定会依恋这乡野原生的自然。快步走出村庄时，冷不防，在路旁见一簇梭镖似的绿叶，走近一看，是一株枇杷树，七八片叶子烘托的中央，竟然有几团淡黄的花。枇杷花酷似梨花，花托很长，两寸模样，毛茸茸的，给人以暖融融的感觉。

这是十二月的寒冬呵，枇杷树竟然开花了。想想，我从来没有注意枇杷树是什么时候开花的，也从来没有注意到，我少儿时期，乡村的枇杷树是什么时候开花的，甚至连枇杷什么时候成熟都没有去刻意记住，我只记得，村里陈接福家的菜园里有一株枇杷树，大概在清明前后，蛙声如海、春水活泛的时候，应该就有人去摘枇杷。记忆中，枇杷总是湿漉漉的，带着春天的水汽，带着一年复始的丰沛，所以，味蕾的记忆中，枇杷总不会甜得发腻，而是甜中有点点酸，酸中浸淫淡淡寡寡的水分，像初融的江水汩汩滑过干枯的喉咙。

也许，布谷鸟叫声拉长的白天，才是枇杷最成熟的季节。微黄的枇杷在树枝间晃荡，触碰到人的耳中，带来初夏的清凉。这种调子的特点是悠长、缓慢，提醒着人们迎接一年中最早的一茬收获。

梅尧臣说"五月枇杷黄似橘"，陆游亦有诗云："……却是枇杷解满盘……枝头不怕风摇落……清晓呼僮乘露摘，任教半熟杂甘酸。"尽管如此，枇杷树在我们村也算是稀罕之物吧。一是数量少。只有陈接福家那一株，还是长在菜园最僻静的角落。二是生得野。其叶子浓密，却与菜园篱笆墙的竹子混在一起，皆是绿意浓浓，你中有我，我中有你，化也化不开，分也分不开。记忆中，好像没有哪位小伙伴打它的主意，那株枇杷树就像我们村里的一位"野孩子"恣意地生长、开花、结果，现在想来，它是一株多么幸福的果树啊！

来到南宁，有一年，岳母家刚装修好了新房，门前有一块空地，大家商量着想栽一株树：最好是叶子大的，好遮阳造荫；能结果，有果子吃，还要长得快，三四年能成材。大家你一言我一语地选择开了，我猛地蹦出"枇杷树"三个字，把大家都怔住了，好像谁都没有记起来，还有一种这样的树。大家沉默了四五秒钟，还是大哥先下了结论说："不是南宁常见的树，栽不栽得活?"就这样给否了，最后栽了一株龙眼树。

在我住的小区，有一幢楼下的一株枇杷树，一到时节，结满了枇杷，每天开车经过那里，我心里数着它变黄的日子。

枇杷采摘时，正是柿子树开花的时节。柿子树的花，是鹅黄的，星星点点，藏于嫩叶之间，风儿吹过，满树叶儿摇曳，在阳光下泛着新绿。花儿落了，落花的根部结出油绿的、指甲盖大小的柿子来。小时候嘴馋，迫不及待，见到果子就想摘下放在嘴里尝尝。我尝过青柿子的滋味，满嘴生涩，仿佛万能胶，要把腮帮子黏合起来。其实，刚泛黄的柿子摘下来也不是很甜，村里人流传下来的习惯是，将它放在谷堆或者石灰粉里两三个星期，还有的，用温水泡两三天才拿出来吃。

小时候，村里那株柿子树是陈接儒他们家里的。陈接儒、陈接冬、陈接学三兄弟，那时还没有分家，他们是我的堂伯堂叔。那株柿子树是他们三兄弟的"共同财产"，是祖上传下来的。柿子树长在门前的池塘边，池塘边有一座石板桥，每每从村中玩耍回家经过那座石板桥时，我都忍不住斜眼看看那株柿子树。特别是立秋前后，刚好下了一场雨，树丛里突然响起一阵蝉鸣，声音已不似夏口嘹亮，是一种嘶哑而悠长的声音，再抬头看那株柿子树，叶子开始绿中泛黄。这时，我就禁不住止下脚步，多看几眼，这是柿子树最美的季节，一个个小灯笼样的柿子，密密匝匝，挂在枝头，在有几分萧瑟的秋意中，分外温暖而惹眼。

那些柿子再也藏不住啦，它们从稀疏的柿叶间探出泛着红晕的脸，但还是别太性急哦，如果要吃上又软又甜的红柿子，还得等上十天半个月。直到立秋，空气重得贴着地面，迈一步，要推开一道看不见的屏障，这时，柿子树被沉甸甸的果子拉扯着，摇摇晃晃，但又动弹不得。烂漫的秋色染尽层林，荒草寒烟中生出远意。池塘与池塘之间的距离仿佛被生生扯远了，中间的柳树栅栏变得清瘦单薄；天空也高远了，没有叶子挡着，一眼看透湛蓝；田埂线条硬朗犀利，像凿上去的。这时，柿子树的叶子也掉光啦，它已随季节一起，进入了乐天知命的时候，自由自在成为当下的主题。

好吧，那就选一个秋高气爽、艳阳高照的日子，爬到树上去摘柿子。看着堂哥堂弟堂姐堂妹们个个推搡着、挤拥着往树上爬，我心也痒痒的。好吧，那毕竟不是我家的，得忍着。但……但……但总要有个人在树下捡柿子吧？只见大人在树下喊着，他们拎着箩筐看着孩子在树上打打闹闹，这时，他们会随手递给我一两个柿子，我捏在手里，软软的，却舍不得吃，撒开腿往家赶，与母亲分享。那个季节，母亲上山砍柴，有时，也会带几个柿子回来。那是深山里的野柿子，个小、坚硬，母亲将它们放在米缸里，十天半个月再拿出来给我吃。

现在，我到广西工作了。有一年出差去桂林市平乐县，天已经很晚了，但见一轮圆月挂在天上，世界浸泡在无边的清凉之中。我坐在大巴车里往窗外看，无边的田野上点着盏盏灯光，目光投到近处，看清靠近路边的田野，一个个圆形的竹筐里摊着柿子。我问坐在身边的平乐籍同事："柿子怎么到晚上还没收呢?"他笑了笑说："在我们平乐，摘下来的柿子先在太阳下晒，因为要晒好多个日头，而且数量太多，便懒得收了。柿子晒软、晒扁后，做成柿饼，包装后销往全国各地……"

柚子树、桃树、枣树、枇杷树、柿子树……这一株株果树，就是一个个自然生长的汉字，其姿态各异、表意各异，却四季分明地书写在中华大地上。描绘一棵棵果树，就是临摹一个个汉字的过程。

一棵棵果树的生长，终会被一片片土地记得；一个个果子坠入大地，终会被一段段岁月捡拾与洞藏。一个个汉字，就像一枚枚种子，一次次飘落泥土，最终发芽、开花、结果。

季节温和安妥，果树随遇而安。它们只要找到了合适的气息、合适的温度、合适的气候和合适的泥土，便能顺其自然，从容淡定，长成自己的姿态，描绘出乡村和城市的生态史。

菜蔬人间

　　来到城里后，行过不少路，阅过不少景，尝过不少菜，听过不少话，尝过不少味，偶尔越过高楼大厦，撇开酒店饭馆，脚踏泥土，去往一处生态体验园，与一畦畦菜蔬相遇，才发现，已泪流满面。

　　这些人世间的生灵呀，一下子，将城市与农村勾连在了一起。此时，记忆与记忆融合在一起，味觉与味觉达到了统一。我想，这就是大地孕育万物的真正含义吧。

　　春华秋实的期待，营养汲取的康健，一桌一筷一碗的团圆，咸淡酸辣的"交响"，一件件、一把把、一兜兜、一株株、一条条、一瓣瓣、一根根……以不同的面貌，以不同的颜色，以不同的体态，以不同的季节，奋不顾身地从泥土里奔出来，越过城与乡的界线——原来，这世间的人啊，不管高低、不论贵贱，都离不开这菜蔬。

　　菜蔬的价钱，在菜市里一争高下，而在乡下的农人眼里，却自有公平的"算盘"。小时候，父母总是敲着饭桌说：多吃白菜啊，嘴唇湿润，不会干裂；多吃苦瓜啊，苦瓜性凉，不会爆痧皮；多吃辣椒啊，能排汗除湿……就连小小的一瓣蒜和小小的一根葱，父母也鼓动我说：多吃蒜，会算数；多吃葱，聪明！

这人间的菜蔬啊，不但有人间的百味和营养百种，原来还蕴含着人生的哲理与吉利的谐音。

白　菜

说到蔬菜，不知怎的，我脑海里，最先出现的，是白菜。大白菜、小白菜，一畦畦，以最大面积、最常见的形象、最熟悉的味道，不知不觉地，就伴随我们整一年时间。

白菜，总是不会让你白费功夫。种下的菜籽，只要你花一点心思——给它铺上一层草木灰，再盖上薄薄一层稻草，便会生出许多点点星星的绿来。随后，绿由芝麻大小，扩大成豆粒大小，最后变成小蘑菇般大的绿伞，接下来，就要拔出来，移栽。

移栽白菜要"小心轻放"，让根须沾带点土。土不紧不松，似沾非沾地附在根须上，用手掌托着根须，将白菜苗并排放在篮子里；或一小捆一小捆的，用稻草轻轻扎好，扎一把，叫"一手"，一手二十来棵，四五厘米长，拎在手。开春季节，溪水潺潺，也有在入秋时，麻雀归林，在另一片菜地，早已平整了，还用锄头勾出了浅沟，用手指在一条浅沟里抠出三四个两三厘米深的窝，将白菜苗放进去，用土掩住土窝，再用大拇指和食指将白菜苗周围的泥土捅紧，这就是栽白菜的全过程。

少时，总是见父母一年四季挑着尿桶往两个菜园走。他们侍弄最多的，恐怕就数白菜了。侍弄了大白菜，再侍弄小白菜。早上一次，黄昏一次，白菜就是在这一次又一次地浇灌下，一天天长高，叶儿一天天撑大。

国画大师齐白石称白菜为"百菜之王"。其曰："牡丹为花之王，荔枝为果之先，独不识白菜为菜之王。何也？"这位擅于将凡物入画的妙手，为世人不知白菜为"百菜之王"而鸣不平。其实，他是喟叹人世间有几人欣赏白菜之"清淡"呢？也是，美味佳肴，胡吃海塞，再大的胃口，也会腻厌。而白菜，这时候往往站出来，以它一贯的、执着的、坚守的清淡，含笑不语，素面朝天，迎接那些锦衣暴食者的"迷途知返"。

偶尔，择一棵白菜，一刀切下，温柔地斩截，眼前一亮：一棵嫩生生的娃娃菜哦。这白菜中的精华——芯，是白菜的一颗心，挣脱了层层包裹，昂扬着丰盈的生命力，让人激动得不忍心下筷。

从晚秋到寒冬，再到初春，成熟的白菜，被父亲和母亲砍回来，放在大厅，作为一个冬天的食物。白菜就像是多才多艺的"跑龙套"的演员，时不时登场亮相，与其他各种蔬菜"配戏"，填充着我的饥腹。白菜与芋头、白菜与芹菜……小时候，我唯愿母亲会来一碟白菜炒肉片，最好是肥肥的那种肉片，哪怕再小、再薄，薄得可以当镜子，我也渴望。但母亲总是说：哪有白菜炒肥肉的？白菜与肥肉放在一起，你认得清哪是白菜？哪是肥肉？

这理由好像很充分，而且不容置疑，甚至带着点霸道的生活逻辑。后来，长大了一点才晓得，当时，实在是因为家里买不起肉呀。因此，当我听到收音机里唱起"小白菜，眼汪汪，从小没了爹和娘"，便认为这小白菜真是"凄惨"的象征啊。

想到这里，我轻轻地咬一口娃娃菜，仿佛咀嚼的是父母一生的清贫敦厚……

辣　椒

泥土是有脾气的，泥土的脾气来了，也会变火爆的。火爆的泥土会滋养出一些火爆的人来。有人说四川人、湖南人和江西人，什么"辣不怕""怕不辣""不怕辣"，次序不分，像绕口令，但意思都差不多。

我不知道是谁教会了我吃辣椒。环顾四周，好像没有谁不会吃辣椒，或者，即使偶尔有一两人不吃辣椒，也不敢声张吧。好像谁说他不会吃辣椒，就是另类，就不是我们村里的人，就要遭天谴似的，甚至是背叛脚下的土地，或者会被火爆的泥土骂着、踢着。乡亲们一边说着"辣椒没补，上下吃苦"，一边吧唧着嘴巴吃辣椒。

小时候，辣椒被当作一道主菜且生熟通吃。记得农忙时节，人们早上吃煮烂、捣碎的"辣椒泥"；中午没空做菜，便在收工回家的路上，顺路到菜园里捞几个辣椒，将里面的籽挖空，塞一些生硬的食盐，将辣椒及食盐一起揉搓软了，当成下饭菜吃。那时，两三个辣椒送一碗饭是常事。

长大后，来到南方一座城市。有一天，与别人吵架，吵着吵着，我竟然抓起一块石头，扬言要向对方砸去。有人议论：哪来的家伙怎么那么大的脾气！我回想也有点后怕，不知道我这脾气是不是被辣椒炙爆的。我想，这应该与辣椒有一定关系吧？想想那些叫作"辣椒苗"的家伙将根须伸进冰冷的土里，慢慢地、默默地收集着来历不明的火焰，那些火焰又被一张张毫不畏惧的嘴巴吸收，而一旦喷涌出来，却是何等的痛快！

从江西到广西工作，而且娶了南宁的女子。婚后头几年，妻子每次谈到夫妻相处之道，难免感叹：光是在饭菜的口味上都难协调。她说的"难"，恐怕首先是吃辣椒之难。我从小就特别能吃辣，而妻子闻到辣味就打喷嚏、流眼泪，更别说吃辣椒了。与我谈恋爱时，有一年跟我回老家做客，家家菜里有辣椒，天天吃辣椒，道道菜里有辣椒，让她禁不住喊"救命"。即使这样，也不知怎的，最终她还是嫁给了我。婚后最初几年，家里每餐必做两道菜，一道是不放辣椒的菜，一道是放辣椒的菜。有时，尽管我一再申明那道菜是没有辣椒的，但妻子似不相信，说有辣。后来，终于弄清楚了，是做有辣椒的菜时，没有将锅洗干净，沾上了辣味。

后来，轮到妻子做菜，她竟主动去买辣椒，而且，往一些菜里放辣椒。再后来，她做的草鱼焖豆腐，因为有了广西特辣的指天椒，而让我大快朵颐。

再后来，我俩达成了一致：可以不放辣椒，亦可以都放辣椒。也就是说，不管放不放辣椒，我们都能接受。直到有一天，妻子指着一道菜，突然对我说，怎么不辣了呢？我才惊觉，不知从哪一天起，妻子竟然比我更能吃辣了！

如今，儿子已经二十多岁了，却从不沾辣。我们家又回归到一道菜加辣，一道菜不加辣的日子了。有几次回江西老家，儿子遭到乡亲们的笑话：你不吃辣椒，还是江西人吗？！儿子羞愧得低下了头，一声都不敢吭。好像吃不得辣椒，就成了数典忘祖的"逆子"了。

在南宁生活了几十年，以前，没听说有几个南宁人会吃辣椒，现在，好像也没有了"南宁人会不会吃辣椒"的问题了。在这座南方城市，大街小巷、天南地北口味的火锅店，越来越多。

我想：融通、糅合，可能是每位热爱生活的人的必备条件吧，而开放、包容也是一个地方能容纳、接收各色人等的必要胸襟。

茄　子

书上说，茄子原产于印度。唐朝徐坚主编的《初学记》中，选用了汉代王褒《僮约》中的说法："别茄披葱。"如此看来，汉朝就引进了茄子，在宋代已广泛种植了。

茄子亦是大众菜，普通得不能再普通，普通得容易让人忽略。小时候，见到母亲做茄子最常见的做法是，斜刀切成薄片，放些洋葱或辣椒，炒煮来吃。母亲在炒煮之前，总是将切成片的茄子放在清水里浸泡十来分钟，直至清水变成了深黄色。母亲说，泡了水的茄子容易炒软煮烂。

春天，村里每家每户的菜园，都会栽茄子。茄子苗长到一个多月时，在夏天还未到来时，就急不可耐地撑出了紫白色的小花。那些紫得有点冒蓝的花儿，躲在硕大的、毛茸茸的叶子间，羞涩得可爱。那些花儿啊，开着开着，就不见了，巴掌大的叶间活脱脱挤出一两个肚脐大小的茄子来。再经过半个多月，茄子就长成一个个胖乎乎的小娃娃啦！

故乡的茄子，都是圆形的，颜色都是紫色。宋朝郑清之有咏茄诗云："青紫皮肤类宰官，光圆头脑作僧看。"这个比喻很生动，也很有意思，难怪清朝画家金农据此画了一幅茄子的画作。

要说这人世间呀，很多东西，在儿时形成了惯常的印象，往后，一旦改变，便会引人"大惊小怪"起来。关于对茄子的第一个"大惊小怪"是我看到了白色的茄子，而且是长条形的。记得当时在县城的集市上第一眼看到一条白色长条形茄子，感觉世界好像变了一个小小的模样，带来的诧异可想而知。

到了南宁生活后，难见菜地，更甭说见到菜地里的茄子了。见到的，都是在菜市的摊点上，大大的、长长的，一条茄子足足有一尺长、一斤重。母亲到南宁，第一次见到这里的茄子，也像看到了怪物似的，"啧啧"了半天，没合拢上嘴。

烹饪行业，食材有限，技艺无穷。能在同一种食材上幻化出不同花样与口味的人，才称得上真正的大师。在城市的大饭店、大酒楼，吃过几道茄子做的菜：擂椒茄子——茄子煮烂后捣糊，连同辣椒与食盐搅在一起，吃起来有一种说不出来的柔滑；香炸茄子——用油炸的，茄子外面一层黄皮，脆且薄，咬一口，里面热乎乎的、软乎乎的，也是一种说不出的"软硬兼施"；鱼香茄子煲——茄子切成一截一截，与咸鱼粒一起蒸，鱼的咸香与茄子的清甘奇特地相遇，彼此渗透、交织，别有一番细腻爽滑。

还有一种更"奇葩"的茄子，叫"凉拌茄子"：茄子先去皮蒸熟，晾凉后，撕成条状，放入蒜末，用酱油、醋和糖，还有香油等调成的汁，浇到茄子上……这味道，就像这人世间的很多事——照例是"说不清楚"哇。

其实，最让我忘不了的是故乡的人做的茄子：切成薄片，用清水浸泡十来分钟，放锅里炒，炒软后加上葱、新鲜红辣椒。简单、原味。

萝　卜

一年，冬至前一天，我回了一趟老家。天刚蒙蒙亮，就起床了。以为很冷，裹着一身笨重的衣物，绕过几幢刚建的楼房，跳过一条绕村的水沟，步入荒野。

马路是荒的，中间被车轮和脚印踏得光秃秃的，两旁是衰败的枯草，匍匐着；远处是荒的，一蔸蔸的稻草，干黄的面容，在疾风中颤抖。我的目光被拉扯到记忆中的池塘。池塘边也是荒的，沿着池塘岸生长的柳条，只剩下坚硬的躯干。

想沿着池塘岸走一圈，没绕一半，折个弯，竟有围栏——用竹子围起来了。围栏里有几畦菜地，菜地里葱郁一片，像水墨画的几排刷青绿。青绿的是叶子，密密匝匝，走近一看，叶子下面，偶尔有露出的一团团白来。没错，是萝卜，是白萝卜。紧挨着白萝卜，还有小段青绿，三四米长，叶子像工笔画，丝丝缕缕——那是胡萝卜的叶子，而胡萝卜则藏得深，扎进泥土，我只能从每株茎叶的长短猜想胡萝卜的粗细了。

天，其实并不冷。一下子，心便蓬勃起来了。我拉开厚厚的上衣的拉链，想起了三十多年前的那个少年。少年青衫薄裤，与一伙少年，一年四季在田埂上奔跑，饿了，便跳下田，随手拔几个萝卜——不管是白萝卜还是胡萝卜，用衣袖草草一擦，便塞进嘴里，咔咔咔地嚼起来。

那个少年便是我，那伙少年便是我的玩伴。那时我们这群少年的周身总是环绕着一股自由而狂野的风。风释放着我们的灵魂，也抽空了我们的肠胃。好多年后，我们才知道，萝卜不但不能填充我们的肚子，反而会加快消化肚子里那点可怜的饭菜。有过生吃萝卜，特别是生吃白萝卜经验的人都知道，吃萝卜，"尾气"多，排放几下"尾气"，肚子觉得更饿。

饿了，没办法，只好继续吃萝卜，跑到哪里，就跳到哪家田里拔萝卜。说是"拔"，其实是"偷"，但主人是不会责怪的，因为萝卜实在太多了，多得唾手可得，像漫山遍野的花朵。后来，读了一点书，书上有人给了萝卜一个词，叫"轻贱"。说实话，我很不喜欢这个词，好像说的不是萝卜，而是在骂我们。我们这些"轻贱"的野小子，就是嚼着那些"轻贱"的萝卜，一天天长大的。即使长大了，在说话、做事、做人不太靠谱的时候，老家的人也会嗔怪一句："你个大萝卜！"言语虽无太大恶意，但却还是逃不脱"轻贱"的嫌疑。

尽管如此，萝卜还是要种。每年秋季，父亲和母亲总是会平整出一大块田地或菜地，施好底肥，均匀地撒下种子，然后，覆盖上一层细土。过不了一个星期，一片片若有若无的萝卜苗便如星星点灯般破土而出了。再浇点水，撒点农家肥，间一下苗，苗一天天长高。又过了两三个月后，苗下就"生"出了拳头大小的白萝卜和锄头把一般粗的胡萝卜啦！

与胡萝卜比，白萝卜实在太多、太大啦，实在吃不完了。于是，母亲就将吃不完的白萝卜切成条，拌上盐，放在太阳下晒，晒了七八个日头，搓软，做成萝卜干。

我初中三年，在离家约十里的乡镇中学读书。寄宿，一个星期回一次家。学校不供应菜，只有蒸饭的锅灶。菜得自己带去，白萝卜干和辣椒酱便每个星期轮流着侍候我的胃。母亲怕萝卜干放一个星期会烂掉，便炒得干巴巴的。那时，家里油少，萝卜干干燥，光有咸味，没有香味。只有过完年，母亲才会将请客后吃剩的肥肉切成细条，煎出其中的油来后，将油渣混杂在萝卜干中，这时，萝卜干虽仍干燥但喷香。

如今母亲七十多岁了，仍在乡下劳作不辍，栽种的萝卜吃不完。吃不完的萝卜，她会踩着三轮车，运到县城去卖。有时，她会为了十来斤白萝卜和胡萝卜在寒风中坐三四个小时，结果，因为不肯降价而卖不掉，所以又运回家来。也许，在母亲看来，每个萝卜都是经过她培育而长大的，她不能轻易贱卖掉。没卖掉的白萝卜，母亲便会晾晒成萝卜干，装在塑料袋子里，密封好，待我清明回去时，让我带到城里来吃。

"轻贱"的萝卜干，因为是从乡下母亲勤劳的双手中接过来的，所以变得分外珍贵。灯火阑珊，宝马香车，在都市的餐桌上，只要有心，咔咔咔地嚼起萝卜干，只要觉得它仍有味道，那阳光下的一切事物，就会变得云淡风轻。

二〇一九年底，我将母亲接到了南宁，我要让她在新居里过个幸福团圆的春节。也许是下意识的，第一天，我从超市里买了排骨和白萝卜。也不是刁难母亲，我真心地努力地教母亲如何使用压力锅炖萝卜排骨，她一个劲地摇头："从来没见过这东西，不会用不会用！"

晚上，我下班回到家，一锅热腾腾的萝卜炖排骨端了上来。生熟正好，咸淡正好！我表扬一番母亲后，嚼了一块萝卜，觉得特别甜。母亲说："冬天了，萝卜经了霜冻，就甜了。"原来，经过了霜冻的萝卜，里面的淀粉由于水解作用，变成了麦芽糖酶，再经过麦芽糖酶的作用，变成了葡萄糖。这个微妙的"升华"

后，白萝卜就甜了。

白萝卜与寒冷的关系，是人世间与天地间的禅语。乐观的萝卜，在霜冻的日子里，愈加激发出了其甜蜜的幸福……

芋

从江西省农村到广西南宁市工作，最大的遗憾是不能吃上故乡的芋。吃惯了故乡的芋，我觉得南宁的芋啊，真的吃不惯。

芋，其实包括两部分，一部分叫芋头，就是直接连着梗的块茎，足足有钵头那么大，少则一斤，重则几斤。芋还有一部分，就是以芋头为中心，周边你挤我挨的一团团小芋头，故乡的人戏称"芋崽"。一个"芋娘"（芋头）一般带着五六个"芋崽"（小芋），组成芋的完整家庭。

芋，在童年时的确是一道好吃的菜。芋头一般切成丝，煮了吃，脆、粉、香；"芋崽"则可以直接煮熟，脱了皮，再煮烂，加上葱、蒜和芥菜等，柔、滑、软，往往刚放到嘴边，便味溜流进肚子里了。小时候，家里没油，便放足够的水，煮得够烂、够糊，倒在饭里搅拌一下，两三碗饭很快便能入肚。

古人云"煮芋云生钵，烧茅雪上眉"，煮芋头时冒出的蒸汽，被他形容为天上的云朵，真是无限的浪漫美妙啊。小时候，煮芋头饭时升腾的蒸汽在我看来肯定并不富有诗意。其实，我倒认为最美的是小"芋崽"，刚从泥土里挖出来时，嘟着湿润的、粉红色的小嘴巴，十分可爱。煮熟之后，剥除皮，里面白白嫩嫩、滑腻如凝脂，让人不忍心咬它。

现在想来，为什么南宁的芋没有江西老家的芋粉嫩、柔滑、爽口，可能除了品种原因之外，还与水土有关。芋喜欢在肥沃湿润的泥土里安家落户、生儿育女。最好是平坦如砥的良畴，最好是竹林旁的阴凉地带。当微风吹来，芋梗举着蒲扇大的叶子，优雅地摇摆起来。当油绿色的风旗慢慢垂下腰身，当芋梗慢慢萎缩枯黄，当整个露在泥土之外的部分倒伏在泥土之上，便是收获芋的时候了。

往往在中秋前后，父亲便挑着箩筐走向菜地。他脱下外套，朝手掌里啐一口唾沫，高高抡起锄头，深深吃到泥土里，然后，重重地一扯，再借着扯动的松软的泥土，将芋梗使劲拔起来。一株脑袋般大的芋头，连同周边黏附着的五六个"小崽子"，便同时轰轰烈烈地冒出了地面。母亲和我在一旁忙着将芋头与芋梗扳开，将"芋娘"与"芋崽"剥离开来，两者各归一个箩筐，装起，挑回来，放在晒场上晒干。待附在芋头与小芋头身上的泥土晾干后，我们便将它们身上的泥土潇洒爽利地擦干净。

擦干净的芋头和小芋头，其身上附着纤纤的绒毛，这时，如果你以为它很温柔可人，那就错了。如果你用镰刀刮掉它的皮，不慎沾上它流出的黏液，手会奇痒难忍。

最后，我想说，其实，倒不是广西没有好的芋头，众所周知的桂林，便有美味的"荔浦芋"。民间传说中的"荔浦芋"，将桂林山水、王母娘娘与嫦娥结合了起来，神乎其神，而又不失温情浪漫；而现实历史中的"荔浦芋"，则是清代时就作为广西珍稀的"皇室贡品"，年年要进献朝廷的。

在南宁的酒楼、饭店，还经常能吃到一道叫"芋头扣肉"的菜。"芋头扣肉"，顾名思义，食材当然是以芋头和肉为主。芋头，一定是切成一整片的，巴掌大；肉，如果要讲究，就一定要五花肉，而且要选三层肉，肉质紧实，切成四方形。芋头和扣肉均要先炸过，油炸过后的五花肉还要扎孔，让油流出。然后将肉夹在芋头之间，加入酱油、食盐、蜂蜜和水淀粉，蒸半个小时以上。端出，趁热，夹一片芋头，粉嘟嘟的；夹一片扣肉，肥而不腻，口感绵软清香。

在古城路民族文物苑内，有一家河池人开的酒楼，有道菜叫芋汤腊肉，做法是先将"芋崽"煮糊，熬成浓汤，最后加几片腊肉调味。腊肉是肥肉，薄且咸。此道菜，既可作汤，又可作菜，只可惜，不是我们故乡的"芋崽"，吃起来，香是香，但少了些柔软，惜哉！

南瓜·冬瓜

单位旁边的空地上，同事们闲着无事，种了些蔬菜。有的栽白菜，但叶子还未长成铜钱大小，各种虫子就抢先来尝鲜了，将它们咬得像蚊帐，小孔密集。只有南瓜叶和冬瓜叶，犹如野草间肆意闯荡的猛将，一路疯长，其毛茸茸的茎叶，像无数尖利的针刺，向一切侵犯它的力量发出无声的宣战。

每天中餐后，我们就去那里看看。我们脚下的砖石路被那些枝叶霸占了，我们眼睁睁地看着它们一天天地往高坡上或者低洼处蔓卷。我们甚至开始担心，其硕大而葱郁的叶子会过分地消耗养分，待到开花结果时，其根系无力供给营养。

在乡下，每每这时，母亲便会将一些叶子摘除。在开花时，也会摘掉一些花朵，为的是有足够的营养和水分保证一定数量的南瓜或冬瓜长大。

蓝天朗润，阳光柔和。那些疯长的叶子啊，日夜不停地向四周攀爬，山坡上、棚架上、水沟旁、瓦砾间，甚至土墙上……都被绿色覆盖。直到有一天，冷不防，好像一夜间，黄艳艳的喇叭状花儿，一朵朵，朝着天空张开了性感的嘴巴。

有过几年，母亲暂住南宁，看到菜市里有南瓜和冬瓜的茎叶和花朵出售，而且，每斤卖到了两三块钱，她吃惊得张开了嘴巴。特别是，当她看到邻居阿婆掐着一根根南瓜、冬瓜的叶蔓，剥去其表面那些毛茸茸的尖刺，说要炒着吃时，母亲的表情带着不屑：哼！那些东西，我们村里的猪都不吃。当她看着南宁人还将南瓜花和冬瓜花做成汤，母亲彻底服了：城里人真是会吃！

南瓜和冬瓜的叶和花，沿着藤蔓长出来的时候，隐约可见一个个小如拇指的南瓜、冬瓜，是啊，待到秋天的味道弥漫大地，快来看吧，房前屋后、河边渠岸、墙根坡下，地上躺着、树上挂着、草地里躲着，筐里挑的、肩上扛的、车里推的，黄的、青的、黄里带着紫的、青里透着白的……是南瓜，或者冬瓜。

前些年，有几次，我去南宁市宾阳县思陇镇昆仑村走访慰问，每每都见贫困户的厅堂里堆满了或椭圆或修长的南瓜和冬瓜。我指着那些南瓜和冬瓜问：吃得完吗？贫困户笑着摇摇头，接着，苦笑一下，说：我们这里的泥土只适合长这个，不然，我们早富裕了。——言下之意，那些南瓜和冬瓜俨然是无用的废物。我认真对他们说：只要人勤快，有销路，栽南瓜和冬瓜也能致富。接着，我以南宁市西乡塘区坛洛镇为例，说：人家不是专门种南瓜和冬瓜吗？如今，那里已形成产销"一条龙"模式，成功地闯出一条致富之路呢。

《菜根谭》里说："进德修行，如草里冬瓜。"起初，我看了，云里雾里，不知所云。后来，我慢慢悟出，就是说，那个冬瓜啊（其实，南瓜亦是如此），它生长的时候，刻意地钻在草叶间，不是长成庞然大物是看不见的。秋天的时候，去收获，往往惊喜连连，在不为人知的地方静卧着。有时，你以为摘完了，冷不防，又能发现一个。其实，修行与此类似。真正的精进往往是循序渐进、潜滋暗长、顺其自然而低调内敛的。当你有一天真正成熟时，首先发现或感知的，可能是别人（或旁人），而这时，你往往在静默中拈花微笑……

我的老家在江西省井冈山市，我现在才明白，"红米饭，南瓜汤"是一场伟大的、举世无双的修行。——当我明白了这个道理，就像煮成了一碗碎肉冬瓜汤，熬了多久才得此心里透亮啊！

菜蔬千万种，能养千万种人。故乡的菜蔬使一年到头劳作的人们，满足了对口腹的需求。村民们对菜蔬、对土地的情感，尽在灶台上那一缕缕炊烟里。

如此说来，菜蔬人间，才有这般美好……

乡野生灵

蛙声如潮、鸡犬相闻、牛羊成群……记忆中的乡村，总是那么充满活力。现在想来，原因之一，这是一个有很多动物的环境。只要有活力，哪怕贫穷一点，也有乐趣，也有亲和力。

那些沉闷燥热的空气下铺满池塘的蜻蜓啊，那些清凉夏夜里漫天飞舞的流萤啊，那些扑腾于清水中活蹦乱跳的鱼儿啊，那些成群结队优哉游哉的小蝌蚪啊，那些叽叽喳喳踩着晚霞归林的麻雀啊，还有，被我们骑在胯下的黄牛、纵身捕食的花猫、令人惊悸的水蛇、叫得闹心的鸣蝉……乡村是个无边无际的舞台，除了农人，各种各样的动物们也在上面尽情地表演。整个乡村，因为人与动物而跳跃了起来。我们，也因此有了取之不竭的快乐源泉……

牛

我将牛放在首位，将它放在一个至高无上的位置。乡村的土地上，它是耕耘者之一，也是最辛苦的动物之一。

在生产队时，村里所有的牛住在大牛栏，统一管理。农闲时，队员们轮流上山放养。更多的时候，它不能悠闲地纵目南山、反刍食物，而是要起个大早，"躬耕垄亩"。

乡村里的人，吃的是同一片土地上种出来的粮食，脾气与秉性却各不相同。牛的缰绳如果被暴躁的村民捏在手里，那牛的一整天听到的都是厉声吆喝，不管它多勤勉、多努力、走得多快，哪怕脖颈上勒出血来，赶牛的也会不满意。那种被使劲抽打、痛入骨髓的感觉，如果是人，一定会喊"生不如死"。但牛不能喊，牛喊不出，只有喘着粗气，低着头，躬着背，咬着牙，往前走。当然，也有心情好、脾气好的人，他们握着的缰绳就不那么紧，遇到牛走得稍慢，想偷点懒时，他们也就是轻轻地扯下缰绳，提醒一下，嘴里小歌小调仍不歇止。遇到这样的人，对牛来说是一种幸运。

实行家庭联产承包责任制后，我家分得一头黄牛。此后，这头黄牛便一直在我家，一直跟着我，一直跟着父亲，直到父亲去世，直到我来到城里。父亲是村里有名的好脾气。我从未见到父亲与乡亲们红过脸，哪怕是被人误会了，被人骂了，他也总是低着头，一声不吭地离开。如此，这头黄牛不但幸运，而且有福了。记忆中，犁田耙田时，不是那头黄牛赶着父亲，而是它引导着父亲。父亲任由它不紧不慢地走，他在后面不紧不慢地跟。可母亲是急性子，脾气火爆。父亲与黄牛的表现，让她很不满意，母亲总是责备：一个人、一头牛专门犁田耙田，都供不上一个人插秧的田。

快言快语、快手快脚的母亲干农活自然是一把好手，有时，父亲与黄牛还没有上岸，母亲手中的秧苗就像子弹一样，连连从他们的头上或身旁呼啸而过。这时的父亲，才会象征性地吆喝两声，但往往是提起犁耙，赶着牛快"逃"上岸，以防被母亲的秧苗砸中。

如果在乡村有最美的时光，那莫过于晨雾浓浓的早上，牵着那头黄牛去山上放牧了。山是村外的小山，小山连绵，靠微微起伏的地势、数不清的小松树和不知名的小灌木，以及密密匝匝的青草，维系着"山"的称呼。踏上青草地，我松开缰绳的速度，比牛低头吃草的速度还快。这时，我每每随身携带着一块薄膜，迫不及待地择一个地势稍高的土包，翻开书，贪婪地读起来。

感谢那头黄牛，与我在清爽的早风中，相伴绿树碧草中。

整整十年，我没感觉到自己已经长大，我也没感觉到牛在变老。我们总是用一种不紧不慢的步伐丈量着道路与农田。倒是父亲没跟上我们的步伐，有一天，他气喘吁吁，松开了握着的缰绳。但他不想让我接着，他不甘不愿，他坚信时间的流逝会卷走他的病痛。

但季节似乎不等人，落花流水是节令的号角。父亲的身体日渐孱弱，黄牛的双眼也日渐迷蒙。有一天，母亲提着泔水去喂黄牛，忍不住骂它。母亲骂它连走路都没力气，连吃东西都提不起精神。母亲甚至担心它春上能不能下地。黄牛似乎听懂了母亲的话，当我牵着它走向田野时，分明看到它的眼角流出了泪滴。父亲将缰绳交到我手上时，是无可奈何的。他看着我牵着黄牛踉踉跄跄地走着，满脸的皱纹拧成了麻花。

牛的脚步蹒跚，我手中的犁铧忽深忽浅。父亲一边剧烈地咳嗽，一边站在田埂上喊：提起来提起来！我将我满腔的慌乱与无措，化成了慌乱而无措的愤怒，倾泻在牛的身上。我手中的竹条像暴风骤雨一样，抽打在牛的身上。我知道，是我无能。牛可能也知道，它忍着，它似乎能明白我的苦闷。

黄牛的身形与父亲的身形日渐消瘦下去。终于有一天，父亲的身躯仿若一张纸片，被装进了棺材。他永远地躺在了土地的深处。而我，铁定了心，要离开土地。母亲知道我的心思，她也铁了心，想着要卖掉那头黄牛。有乡亲劝她说：如果要卖，就早一点卖。早一点卖，能多卖几斤肉，能多卖一些价钱。

我和黄牛的命运不可逆转。我最后一次牵着它走向山上。这一次，它没有急于走向如茵的草地，而是缓缓折到一条水沟边。它站在水沟边，也没有喝水，而是静静地看着水面发呆。我陪在旁边，静静地站着。十几秒钟后，我轻轻地扯了一下缰绳，黄牛慢慢回过头，转过身，向着我，拱过它的头，舔着我握着缰绳的手……我也偷偷地流下了眼泪。生命中终究有各自走开的那一天，只是，有的知道结局，有的怀揣未知，但都有着相似的惧悸……

我放开缰绳，本能地跟着牛走。牛领着我，准确地到达了青草最丰茂、最肥美的山梁。这一次，它吃得相当慢，不像是在吃，倒像是在数。它在数每一根草叶——不管是嫩绿的，还是老硬的。它仿佛要把它们一根根存进脑海里。只是，它来得及反刍吗？

黄牛卖了。我揣着它的身价——七百五十元钱，离开了乡村，来到了城里。此后，我再也没有去过那座小山——尽管我几十次返乡，几十次路过那里。我一次都没停下脚步，去那座小山上看看。

此时，透过城市的雾霭，穿越岁月的失地，回想我的少年我的牛——那一片无垠的土地，似乎一直陪着我，从昨日的耕耘，延续到今天的劳作——那是每一位奋斗者的基本要义之一。

狼

小时候，听过许多狼吃人的故事。最直接的，是听父亲说婶婶有一个妹妹——一个十二三岁的姑娘，进山去砍柴，两三天没见回家，她父母发动几个乡亲一起去寻找。先是在山沟里找到一只鞋，接着，寻到一件花布褂了——早已被撕成了条。最后，有乡亲捡到几小段骨头，于是判定姑娘是被山上经常出没的狼吃了，她母亲哭得死去活来。

我的故乡在井冈山，出村不到两三百米，便是松树林。林子虽然不是太茂密，却时不时传来大人进林子砍柴遇到狼的事来。

我们村小学就在松树林边上，我们也因此多了几分害怕和警惕。

从小，父母便教我们防狼的基本技能。他们说：狼是很凶残的，与人相遇，都瞪着一双恶狠狠而又贪婪的眼睛。意思是说：你不给我让路，我就吃了你！父母告诉我们：这个时候，千万不要惊慌，要保持镇定，同时，慢慢往后退。不要恐吓它，更不要试着驱赶它。可是，我又听到另一种说法，就是：世上没有不吃人的狼，却有狼吃不了的人。什么样的人狼吃不了呢？听说，狼吃不了的人，就算遇上了狼，狼也不想吃他，不敢吃他，张不开嘴。不过，马上有人反驳：不要听那种迷信话。狼为什么张不开嘴？是因为狼觉得对方不会伤害它，它是不会主动伤害人的。说到底，还是要人别主动去惹它，狼是不会主动攻击人的。这就印证了父母教我们的"防狼法"。

我是独子，父母对我管束很严。除了不让我近水外，还不让我一个人上山砍柴。一次，跟父亲上山砍柴，我帮父亲抱着砍下的树枝到大板车旁去。扭过头，看见父亲握着柴刀，紧紧跟在我后面，还时不时扭过头去看。他接过我手中的柴树枝，匆匆往大板车上一放，低声对我说："换个地方！快走！"说完，把我往大板车上一推，拉着我就走。

我们急急走出林子，在路边随便挖了几个树蔸、耙了几捆松针就回家了。吃饭时，父亲不紧不慢地说，刚才看到一只狼，往后不要去那里。

我第一次遇到狼，是有一次晚上到邻村龙洲村去看电影。电影散场后是午夜。回来路上，经过一片林子，我跟在大人后面，但大人走得实在太快了，没走一半路，我就被甩出两三百米的距离。天上只有几颗清冷的星星，月亮也不知跑到哪里去了。我突然有一种恐惧感。我加快脚步，小跑起来。我跌跌撞撞，干脆从田埂上跳下来，跳到稻田里。稻田很宽阔，但不平整，坑坑洼洼的，踩上去，有冰霜的咔嚓声。

突然，从不远处传来狼的嚎叫。我的呼吸更加紧促，我跑了起来，还带着哭腔冲前面的大人喊：等等我！等等我！想必他们也听到了狼的嚎叫，他们走得更快了。我顾不得水坑和霜冻，鞋子湿透了也顾不上，我狂奔了起来，好不容易赶上队伍。队伍里有人压低嗓音说：可能不止一只呢，别往后看，一直往前走！还有人颤着音说：看到它们的眼睛了，在发绿光呢！有人哭出声来：可能追上来了，怎么办呀？有人低声吼道：十几个人，还怕一两只狼？不要慌，大家拐到马路上去。到了马路上，大家散开队伍，如果狼胆敢追上来，我们大人站成排，挡在前头，让小孩先走。到时，有打火机和火柴的，都点起火来……

大家拐到马路上，却谁也不听谁的，个个撒开腿拼命跑。有个骑自行车的人在后面说：狼往仙塘村方向的山上跑了……大家这才纷纷扭过头，抹了一把汗，放慢脚步，松了一口气……

还有一次更惊险的经历。那是一个深秋的早晨，庄稼刚刚收割完，田野将坦荡宽广的胸怀展示在农人的面前，村庄里炊烟袅袅，这时，村子仿佛震动了一下，声音不知是谁最先发出来的，大意是狼来了！由于声音的来源不明，狼来的方向也就不明。听到声音的每一个人最想了解到底是谁说狼来了？接着，想了解的是：狼从哪个方向来了？但容不得乡亲们追查声音的来源，"狼来了"的消息像鞭炮一样，连环炸响了。

我听到声音时，正提着一篮子菜往池塘边走。我前进也不是，后退也不是，一双眼睛张皇地四处打转。

我的目光在陈福根老婆的身上停住了。陈福根老婆从她家的牛栏里牵出一头牛，她左手握着缰绳，右腋下夹着一把稻草。不知是她从容还是牛从容，总之，她和牛，一前一后，不紧不慢地走着。我的心稍微定了下来，跟着她和牛，不紧不慢地走着。突然，有一条"狗"急速冲过来，待我反应过来，它已擦过我身旁，往陈福根的老婆身上撞去。陈福根的老婆感觉稻草下面有东西拱了一下，本能侧了一下身子，低头看了一下，随口骂了句：你个死狗！

话音刚落，我看到陈才保抢着锄头冲过来，在陈福根老婆背后喊：拦住它！它是一只狼！陈福根的老婆一听，丢了稻草和牛绳，撒腿就往后退。我也忙转身，差点被她撞倒了呢！待我们定了神，那狼和陈才保拐了一个弯，都不见了。据说，那只狼到底没被打着，跑到村旁的松树林里去了。那只狼在秋收之后冒险跑到村里来，极有可能是饿急了，被逼无奈呢。谁想成为它的食物呢？人还想让它成为食物呢。

蝉

我的心情开始烦闷，不但因为天热，而且因为听到了蝉鸣。我干脆跑进房中，倒在床上。我什么都不想做，睡又睡不着。家乡村前屋后的那些梨树上啊、枣树上啊，连柚子树上，都爬满了蝉。它们来到这个世界上，唯一的工作，似乎就是唱歌。而且，天气越热，它们唱得越起劲。

关于夏天的记忆，我的脑海里充斥着令人躁动、慵懒的蝉鸣。而我们上树去抓蝉，似乎不是因为对它们烦与恨，而是……其实就是单纯觉得好玩。那是童年的夏天，那些无所事事的日子，想到什么好玩，就付诸行动，而且新鲜不过夜，欢乐不打烊。

别看蝉平时很聒噪，但它很机灵而狡猾。只要有一点风吹草动，就能觉察危险的降临，会立马闭嘴。捕蝉，我们往往是集体行动。呼朋引伴，三五个人，上同一棵树，以"围剿"之势捕蝉。但每每还未等我们攀到树枝，刚才此起彼伏、一呼百应的"大合唱"，就渐渐稀落下来。刚刚还"遍地为蝉"的情景，成了难觅一二的窘境。

我们很少有徒手捉到蝉的时候，如果谁的手上有一只蝉，那他就是我们这群小伙伴中的英雄。陈建友、陈友根、陈年秀、陈根秀就是这样的英雄，他们的"光辉形象"像一块块丰碑，长久地树立在我童年的记忆里。

后来，我莫名其妙地爱上了文学，而且，痴迷于一片蝉鸣中读书、写作，蝉鸣竟成了我乡村生活中动人的背景音乐。课外书中形容这种"背景音乐"为"高洁"。比如，唐朝虞世南在他的《蝉》一诗中写道："垂緌饮清露，流响出疏桐。居高声自远，非是藉秋风。"我终于明白，为什么蝉鸣叫那么高亢，为什么我们那么难以捕捉到它。

时光经久不复，流年逝去无声。如今的我，已不觉年过半百，很多事情不知不觉模糊了，后来就忘了。但一些与少儿时期有关的事物，或者说，几十年前在土地上、在书上接触的东西或者认识的句子，却愈加清晰，像永不衰老的顽童，在我的头脑里手舞足蹈、拳打脚踢。

又记得在一本作文书里读到这样一首诗："牧童骑黄牛，歌声振林樾。意欲捕鸣蝉，忽然闭口立。"曾经，我为了这个"樾"字，翻遍了刚买的《新华字典》，却怎么也查不到，是村口诊所里的赤脚医生陈建国帮了我的忙。还记得，那页纸书上，诗只占了不到三分之一的位置，其他三分之二配的是压底图：一个农村娃，骑在牛背上，仰着头，看着一棵树，树上，有几只硕大的蝉……

我将那个农村娃幻想成了自己，眼前的山水树木、花果菜蔬都在鸣唱。后来，我才知道，蝉从出生到死亡，生命只有六十天左右。但蝉将卵产在树上，卵随着枯枝落下，掉入泥土孵化破蛹，则需要三四年。难怪它成了蝉，要不遗余力地歌唱，歌唱生命的珍贵与美好。

如此看来，我感觉我的童年也实在太短了。我都还来不及真正地放声歌唱，就被洪亮齐声的蝉鸣埋葬了……

麻　雀

我们村北边有一排竹林，竹林四周都是稻田。秋收完之后，每天太阳一落山，一群麻雀就会聚在一起。麻雀群像一块偌大的、灰黑的幕布，遮挡了一大片天空。幕布忽而展开，忽而盘旋，忽而翻腾，伴随着叽叽喳喳的响声，齐齐向竹林扑去。竹林颤抖着，惊慌失措地迎接着那些每天准时到来的不速之客。竹子纤细的身躯被麻雀折腾得摇头晃脑，至夜幕降临还不得安宁。

平时，我们是看不到那么多麻雀的。它们顶多也就是三五成群，落在菜园旁的果树上，或者沟溪旁的栅栏上，寻菜园或者树丛、草丛中的虫儿吃。要么，它们干脆明目张胆地飞到晒谷场上，疯狂地啄食稻谷。这时，看场的人，把驱逐麻雀当成最主要的工作，往往一两声"去"声麻雀根本不理，直至拿着竹棍追过去，麻雀们才会振翅飞两三米远，但很快又落下，继续吃。遇到小孩追赶它们，麻雀就跟他们做游戏，公然站在小孩面前照吃不误。

麻雀不怕小孩，也不怕稻草人。我曾与父亲一起，在谷刚熟的稻田里扎了一个稻草人，为了让稻草人更加逼真，父亲甚至舍弃了他头上的那顶凉帽，摘下来，戴在稻草人的头上。我还在张开双臂的稻草人手上各插一根竹鞭。想不到，如此夸张的动作却更招来麻雀的兴趣。有两三只麻雀试探了之后，竟然斗胆停在稻草人的两只手臂上。我与父亲在一旁看了，怒火中烧，直接冲过去驱赶它们。

不知是基于什么目的，小时候，我们的兴趣之一，是上树或爬墙去掏鸟窝。鸟窝十有八九是麻雀窝，好像每位小伙伴对麻雀都没什么好感。上树看见鸟窝，有鸟蛋的，我们毫不犹豫掏出来。如果有嗷嗷待哺的雏鸟，我们会兴味盎然捧出来，挖来蚯蚓，喂养它们。但绝大多数会喂养失败，不到两三天雏鸟就夭折了。

掏墙上的鸟窝也是经常做的事。墙壁一般是土坯房的墙壁，而且是老房子的墙壁。老房子因年久被风雨剥蚀，土坯墙之间空隙很大，给了麻雀一个安家的空间。我们观察到有麻雀经常飞进哪块土坯墙缝隙里，便瞅准位置，黄昏时，架梯子，伸手进去掏。如果里面有麻雀，则难逃出我们的手掌心。也有遇到风险的时候，如果有贪吃蛇，捷足先登钻进去吃鸟蛋或雏鸟，我们往往会掏出一条蛇来，会被吓得魂飞魄散。

麻雀胆大，它敏捷、飞得快；麻雀心细，它警觉性高。所以，它的生存能力很强。小时候，我们经常拿着弹弓去打麻雀，但往往弹弓还未举起，它便飞得无踪无影。但麻雀飞得再快，也有它的轨迹。要不，人们在寻思一件事情的蹊跷时，就不会拿麻雀来作比喻，说"小鸟飞过还有影子"呢。再就是，人们说"麻雀虽小，五脏俱全"，则是警示考虑和处理事情时，要周全缜密。

萤火虫

天气开始转暖啦！青蛙的叫声开始起来啦！天空好像离我们越来越远，连星星也不想跟我们玩啦！

幸亏还有萤火虫。起初先是一只、两只，我们不太在意，然后是三只、四只……好像我们还没有结成伴，它们倒先邀了朋，簇拥着，在逗引我们呢。我们也来了兴趣，先是一声惊呼："萤火虫！"接着有惊呼汇聚进来："有好多萤火虫啊！"萤火虫们好像得到了鼓励，也不知从哪里，像打着灯笼的小仙女，翩翩而来。我们的手脚开始不安分了。手舞着摆着，脚蹦着跳着，在空中乱抓。我们可真想抓一只萤火虫在手心里，但我们真心不想伤害它。我们只是好奇，那点点洁白透亮的萤光是从哪里发出来的呢?

我们终于抓住了一只，我仔细地看了又看，好像是从它的屁股发出来的呢。萤火虫的屁股会发光呢。如果我们屁股也会发光那该多好啊！旁边的小伙伴说：不要乱想了，抓几只萤火虫回去吧，给我们家照明，我们的妈妈还在煤油灯下缝补衣服呢。不知是谁，找来了墨水瓶子。我们的双手在空中打捞，但萤火虫实在太小啦，实在飞得太高啦，我们使尽全力，我们满头大汗，都难得抓到一两只。

如果是在盛夏季节，炎热的天气，萤火虫像来赶集似的，仰头一看，满天的星星与满眼的萤火虫连成一片，这时候抓，就相对容易一点。我们伸出手拼命地捞，然后收拢手掌，再对准瓶口，小心地摊开手掌，总有一两只萤火虫往瓶子里掉。我们捧着玻璃瓶，看到瓶子里一闪一闪的光亮，幸福的心一颤一颤的。虽然萤火虫的光亮无法点亮母亲的生活，但它点亮了我们的心，照亮了我们单调、乏味的夏夜。如果童年的夏夜里没有萤火虫，我们的记忆会减少多少诗意与浪漫啊！

后来，我到了城里。眼前的、心中的萤火虫泯灭了。萤火虫，这个纯洁、柔美、闪亮的名字，消失在灰蒙而拥挤的夜空中了。我粗粗想想，已经有几十年没有看见过萤火虫了。

泥 鳅

儿子小的时候，我陪他唱道："池塘的水满了，雨也停了，田边的稀泥里，到处是泥鳅……"我想，写歌的人小时候一定也捉过泥鳅吧？其实，不用等到雨停，平时，任何时候都可以捉泥鳅。

记忆中，小时候去捉泥鳅，每次都收获满满。在春暖花开的季节，僵硬的、沉睡了一冬的水活泛起来了，在有落差的地方，"叮叮咚咚"或"哗哗啦啦"唱起了歌。泥鳅也跟着被吵醒了，和着节奏，混在水里凑热闹。年刚过啊，家里的坛罐里贮藏的过年的年货尚有少许，随手捞几把爆米花或红薯片什么的，叼一块在嘴里，再塞几块在衣裤口袋里，拎着一个竹箩，踏着长满新草的田埂，到浸了薄薄一层水的垄沟里去捉泥鳅。泥鳅喜欢钻在泥土里，特别是松软的黑泥里。一些犁田时滚落到垄沟来的小土块下，便是泥鳅的藏身之地。小心扳开，不要惊动它，合拢双手，轻轻一托，一只泥鳅便束手就擒。

如果垄沟里的水往田外流，恰好接水的是一条落差大的小江或小河，那水一定会在途中冲刷出一个窝。窝里的水稀里哗啦地响，仔细一听，不单纯是水的声音，还有泥鳅搅动流水的声音。这时，如果恰好拿着水瓢经过这里就再好不过了。用水瓢直接往水窝里舀，全是活蹦乱跳的泥鳅啊！全是聚在里面扑腾不出去的倒霉鬼啊！我曾经在一个水窝里一次性舀出了近两斤的泥鳅呢！

泥鳅还喜欢在另外两个地方藏身，一个是水沟里，另一个是小溪里。在这两个地方捉泥鳅，要先舀干水，待泥鳅们钻到泥土里了再捉。沟溪里的泥土不是很厚，两只手掌竖起来，当作铲，轻轻一铲，一只只泥鳅便从黝黑黝黑的泥土里扑腾出来。其光滑洁净的身子那真叫"出淤泥而不染"呢。如果在刚刚干涸的沟溪里捉泥鳅则更省事，这时的泥土由湿稀转为干湿，还没硬，将泥土像切蛋糕一样剖开来，泥鳅就清晰可见。如果有一层浅水，贸然下去捉，将水搅浑了，将稀泥搅得更烂了，捉起来就难了。我们便想出了另外的办法：用茶籽饼捣碎，加热水泡上几分钟，泡得满是泡沫，然后，泼到沟溪里。泥鳅喝了掺杂茶籽饼的水，不知醉了，还是晕了，纷纷翻白，浮到水面来。十分钟左右，便半死不活，一动不动。这时，执一小网兜便可直接捡捞了。

盛夏，烈日炎炎，如火当空。正是双抢季节，早稻刚割，泥土尚湿，时不时有指头大的小洞点缀在我们脚边。我们知道，那是泥鳅在掩耳盗铃呢。我们顿时玩兴大发，伸出一根手指，往洞里轻轻一挑，洞口大开，甚至整个洞都被掀翻，泥鳅便完全裸露在我们面前。兴许有几分慌乱和恐惧，它急速地扭动着身子，但任它如何扭动，再也钻不进泥土中。这时，我们两个手掌并拢，轻轻一托，就捉住了。

早稻一割，收了稻草，放水入田，耙完田，便是忙着插晚稻。天气越来越热，晚稻返青立住脚的时候，一年中，天气热到了顶点。首先，人受不了，在田里耘禾到上午十一点多钟便收工了。如果中午不怕热，想出来捉泥鳅，一定大有收获。泥鳅在沸水似的水中走投无路，有的竟被活活"煮"死。这时，往往不是捉泥鳅，而是"捡"泥鳅。特别是在上口田与下口田的田埂缺口处，有流水经过，水没那么烫，在下口田的水窝处，泥鳅脑袋聚成一个圆圈，露出水面吐着气泡，奄奄一息。这时，我们用双手捧着它们，兴奋得浑身发软，满头的大汗顾不得擦。

泥鳅是活蹦乱跳的，我们的童年也是活蹦乱跳的。童年捉泥鳅的情景，在田间村旁描绘出一幅活蹦乱跳的图画。

蛇

说到蛇，不要怕——不怕才怪呢！如果说童年的时光里有阴影，那其中之一就是因为有蛇。

家乡的蛇，常见的有两种。一种是水蛇，另一种是菜花蛇。水蛇最多，年底村里干池塘，在清理池塘中央的淤泥时，挖出最多的，就是水蛇。水蛇又叫泥蛇，顾名思义，这种蛇主要是生活在污泥里。当大人们像甩皮鞭一样，将一条条水蛇密密麻麻地甩到岸边，直看得我们头皮发麻。大人们见我们惊叫着跳开，就说：它还不稀罕咬你们呢。用家乡人的话说，就是：水蛇咬了谁，谁就能发财。不过，这当然是迷信的说法。

菜花蛇以其绚丽多彩的身子吓退不少人。它多在陆地上出现，特别是在菜园、墙根、树上，甚至农家的鸡舍中。那是我爸、我伯、我叔兄弟三家共居一幢房子的年代。祖屋年代久远，潮湿老旧。有几次，三户人家老老少少、男男女女搬凳扛椅去村中礼堂看电影。回来时，有几次，要么是伯父家的女儿吓得失声大喊，要么是母亲低声提醒，要么是叔拿着锄头往饭桌下捅，起因都是家里看见了菜花蛇。虽然它属于无毒蛇，但其夸张的纹饰还是让人不由得心生畏惧。

小时候掏鸟窝，菜花蛇经常跟我们这帮小顽童抢鸟窝。跟我们比，菜花蛇可能更需要鸟蛋和小雏鸟，因为它们要解腹部之饥呢。

我与蛇"狭路相逢"，是在潭城中学读初中时。一次学校组织去砍柴。挑柴回来时，我远远落后于大部队。天近黄昏，露水盈盈。我汗水浸湿了全身，气喘吁吁，脚步慌乱，独自前行。这时候，人反而更加敏感，我瞥见旁边稻田里，一条蛇昂着头，扭着身子，在水里悠悠地跟着我。我吓得丢下担子，只顾奔逃。

西天的暮色由灰黑渐变成深黑，我的凉鞋被田埂上草间的露水打湿了，有一种冰冷的寂寞。我怔怔地站在田埂上，一时竟不知该不该回去挑回我的柴火。这时，我听到学校方向有人说话。原来，是高年级同学发扬优良作风，循着原路帮助还没回到学校的同学。他们见了我，我只是说挑不动了，想站一站，歇息一下，不敢对他们说看见了蛇的事。两位高年级同学找到了我的担子，其中一位二话没说，挑起担子就走。我走在他俩中间，对蛇的恐惧荡然无存了。

只可惜，现在回到乡村，想见到那些动物恐怕都难，包括鸡鸭猪羊、青蛙燕子蚯蚓……

是啊，前庭后院、草丛菜园、树上田间……它们向我瞪着一双或陌生或警惕的眼神，似乎把我视为乡村的叛逆者，拒绝与我交流。如此，我讲述的这一个个动物的故事，是要让动物的喊叫直逼我的心灵，以期达到唤醒与激活我与动物和谐相处的心。

风物拾光

乡村的记忆在蜿蜒的梦境里曲折而行。我和乡村的事物站在高高的山岗，秋风从起伏的梯田上悠悠掠过，我的眉头紧锁，内心交织着某种困惑；我的眼睫毛像聒噪的门帘，忽闪忽闪。秋风劲扫，像在清理什么。乡村的某些地方越来越瘦，某些部位却越来越肥。

事物是乡村的拷贝，一挂上放映机，记忆的银幕便影像尽显。影像流淌故事，故事弥漫思想。思想经不住挽留，岁月远去，马蹄声碎，回应出一串串秋风的叹息，引牵着我，向乡村深处逆流而上……

学　校

小学的学校在我们村一个叫"牛场"的地方。在宽广的蓝天下，学校操场上的一排小青松摇摆着尖梢梢，偶尔有麻雀围着一两棵，叽叽喳喳欢快地叫着。操场上有篮球架，两个，拥着中央一块平滑的泥地。印象中，泥地像一块硕大的、平滑的玻璃，谁也不敢（想）踩上去，其仿似只作摆设的舞台，没人在上面表演。那时想：学校是不是没钱买篮球呢？

操场四周的跑道最热闹。有课上的日子，每天清晨，只要不下雨，就有一队队方阵在上面奔跑。冬天，有霜降，有雪飘，跑道被松软湿润的冻土覆盖，沾在我们陈旧的布鞋底，我们的步行速度被拖慢了。课间操或课间休息时，跑道上填满了学生，我们或做动作，或追闹，广播里的音乐声、学生们的喊叫声，在跑道上奔涌。

跑道旁，有一大坑，大坑里铺着沙，细细薄薄的。沙坑里，玩沙的比跳远的多，跳远的比跳高的多。跳高，只有在一个学期期末考试才有。跳高考试就像过一个节日，大家将跳坑围得密密实实，叫喊声、嬉笑声，就像雨点，没勇气、没本事的，会被"淋"得狼狈不堪。特别是女生，还没起跑，腿就发软了。于是，喊声与笑声就变成了起哄声，最后是体育老师的呵斥声来收场。

挨着沙坑外侧，是一条沟。沟是深沟，长满了浓密的杂草，秋冬季节，枯枝败叶全躺在里面。沟很长，有四五十米，相当于围墙或护城河。人家的围墙往地面上撑，我们学校的"围墙"往地下长。厕所只有一座，女厕所一侧连着深沟，男厕所一侧连着一条十几米长的石径。石径宽一米多一点，通往另一排教室。

深沟的外侧是树林，树林里有十几座坟墓。上课时，冷不防地，能听到吹吹打打的声音，由远及近，如波浪翻涌。大家没了心思，都往窗外瞟，能看到一队人，有人抬棺，有人举幡，有人敲锣，有人打鼓……径直往离我们教室不足二十米远的树林里去。

五年级临近考试的前两个月，我们在校寄宿，住在树林对面的教学楼二楼。没住几天，有女生向班主任反映说，她晚上看到了"鬼火"。班主任一听，第二天晚上，与我们坐在窗前，"欣赏"树林里闪烁的"鬼火"。也就是在那时，我知道，世界上有一种叫"磷"的东西，在人死后的骨头里，达到一定的温度，会自燃，发光。

教学楼，也是教职工大楼，是老师办公及住宿的地方，两层高。教学楼后门有三四棵梧桐树，集中长着，相同的年龄，像风雨共担的朋友。但"朋友"中也有不"平等"的地方，有一棵梧桐树上，挂着一口"钟"。敲"钟"声提示上课或下课。上课声敲得急促而密集，下课声敲得缓慢而疏朗。我不知道这"钟"是不是当时全国通用的，反正，在我们那所小学里，那就是铁律，就是指挥官发出的最神圣、最严肃的声音。多少年后，我才知道，那口钟是从我堂叔拖拉机废弃的轮胎里拆下来的中圈，不知是铁的，还是钢的，反正，通体锃亮冷艳，声音清脆尖锐。

教学楼后门向着校园，面对后门，右边是老师的饭堂。对于我们农村走读的孩子们来说，那是一个神秘的地方，也是一个凛然不可侵犯的地方。我没敢涉足过一次，哪怕进去喝一口水。我最多只能在当科代表送作业到老师办公室时才斜眼看见一个个老师端着碗筷出入那里。

教学楼左边是一条四五米宽的路——连着"牛场"上住着的七八户人家的路，是通往我们校园的路。我后来想，假如学校设校门，就应该在那里了。但我们没有校门，哪怕立两根棍子，中央挑着弧形的顶棚都没有。所以，我们的学校没写校名，因为没地方挂。所以，我在那里读了五年书，直至毕业，都不晓得学校的准确名字。学校建在我们村，乡亲们以村名唤校名，习惯叫"舍陂小学"。现在想来，准确的全名应该是"江西省永丰县潭城乡舍陂村中心完小"吧，我也不知道。

这条路旁有两棵大松树，足足有黑胶唱片直径那么粗。两棵松树相距三四米，学校"因势利用"，在中间立了两根如成人胳膊粗的竹竿，供我们爬玩。那时，爬竹竿比赛成为我们在学校的主要竞技活动之一。我瘦小敏捷，不输给一般对手，但手臂及腿脚不够有力，遇到高手，就甘拜下风啦。

学校的教室，南边一排，北边一排，各一层，每层三间，共六间。那时学生真多啊，教室空间又只有那么大，容不下我们跑动。我是好动的"话痨"，我的座位时常变换，前后左右都是女生都不能"查封"我这张嘴。教室里没空调，没电风扇，窗热来开冷来关，我们自然适应着天地的自然温度。夜来东风渡，教室纳余芳，经常在不经意间，窗外有野花携香袭来，不觉就解颐了。这时，灵魂似乎也跟着游荡在野外，没有目标，没有羁绊，只是，写的一些三四百句的文字，悄悄染上了浪漫。——我想，那该是我人生中关于文学最初的情怀吧。

直到最近，不知从哪本书上，读到一句话，大意是：任何人都有一颗上进的心。或许真的是我们疏忽了，或者是不相信。三十多年后的今天，我再次走到这里，眼前的校园只有巴掌大，仿佛我一拍下去，它就会奄奄一息，瞬间双眼一闭。

实际上，它早在十几年前就寿终正寝了。村里的孩子越来越少，听说，由我们那时的六个班，逐渐减少到四个班、三个班……后来，四、五年级划归到相邻的龙洲小学去了，这里，只有一、二年级合在一间教室里上课。再后来，干脆就不招生，废弃了。教室租给了村里一位养鸡专业户，当作了鸡舍。

操场上的青松一棵也不见了，它们是死了还是长到成材后被砍了呢？深沟不知哪一年被填埋，而且上面砌起了围墙。围墙两侧皆是荒草萋萋，墓地这侧，又添了十几座高大雄伟的新坟，坟墓中间，大树杂立，灌木丛生。我父亲的坟被乱枝缠绕、枯草掩埋，只能依稀见微微隆起的一小土堆。

此时，正是深秋，如果我端坐教室，窗，应该是或开或掩或半开半掩。窗外的叶子，应该黄成一片灿然的景象。风一吹，贴了地的草，头更猛烈地撞在地上。

我本能地一摸额头，那里曾渗过血——是数学老师碰的，因为当时我的成绩糟透了，他撕扯着我的头发，往墙上……

这会儿，我突然悟出，在这座学校里，我为何失去了信心。恍惚中，我在秋风中仿佛又变成了那个小孩，浑身是土，头还隐隐作痛……

土 窑

看远山横廓，苍松如黛；看河流如琴，土窑静卧。

土窑有三处。一处是新窑，专门烧砖的窑。这一处土窑是喧嚣而炽热的。我小时候见证过这座土窑的诞生——从人们在山地上挖一个深坑，沿坑堆上圆弧的红土，夯紧，到用覆盖青草的土皮将顶部封起来。整个劳作的场面热火朝天，每个汗流浃背的人都是我熟悉的乡亲，他们都是大队的最小"细胞单位"。窑建成了，是土窑，可有人习惯称之为"砖窑"，"砖窑"是专指它的用途——烧制砖瓦的窑。

烧制砖瓦是一个复杂烦琐而又充满技术含量的冒险之旅。其过程纷繁漫长，要挖土、和泥、摔砖坯（或瓦坯）。挖土是力气活。和泥就有讲究了，要用铁锹搅和，不停地加水，每次加多加少，全看现场调度，边和边用脚踩，有时人踩，有时牵牛走在泥里，人与牛同时踩。踩了还要用铁杆打，打着打着，明水不见了，和到泥里，看不见了。泥里原来的颗粒不见了，变得瘫软细腻了。这时的泥不是当初的泥，这时的泥要倒到砖模（或瓦模）里去。打砖师傅将模压实了，用一根细细的铁丝，沿模具的平面快速一切，将高出的部分划去，然后，往撒了干沙的平地上轻扣，一块有模有样、平整厚实的砖坯便做成了。做瓦坯就更复杂了，瓦模会转动，趁瓦模转动，将和好的泥涂抹上去，用一块木板不停地刮磨，待其呈微微弯曲状并附在瓦模上时，便快速进行上下左右修整，将毛糙不齐的部分剔除，再在表面轻轻抹出几条"皱纹"，然后快速拿下来，照例放在铺了干燥薄细沙的地上，掀下，一块瓦坯也做成了。

做成的砖坯（或瓦坯）齐整摆好，它们之间要留缝隙，需通风、晾晒，让其干透。之后，才是土窑真正大显身手的时候。干透的砖坯（或瓦坯）要一担一担地挑进土窑，码好、堆好。接着，就是点窑了。点窑之后的几天几夜，便是高温烧窑。将最干燥、最粗壮的木材往窑口塞。火候的控制也是颇有讲究的，一定是村里最有经验的人，日夜守在窑边，把握着火候。

出窑这一天是乡亲们的节日，大半个村的人都在现场。大家挑着簸箕在土窑进进出出，如果砖、瓦青青，而且没有烧废、烧残，每个人脸上便都带着淡淡的笑意，传递着喜悦——这近半年来的工夫和辛劳没白费啊。想想将用这些砖、瓦盖新房，该是多么美的事啊。

时光催促，我们这些孩了一茬茬长大了，我们村里的那座土窑，也一茬一茬地烧出了砖、瓦来。终于有一天，现代化的制砖制瓦技术出现了，乡亲们到别的地方去买砖、瓦，比自己烧制砖瓦、便宜得多，土窑便开始发生危机了。再加上村里会制砖、烧砖、制瓦、烧瓦的人逐渐老去，他们挑不动、和不动、踩不动、转不动，眼花头晕了，土窑便彻底没人照顾，被废弃在村后的山坡上了。

风烛残年，土窑身躯佝偻。不知哪年，劲风暴雨，将拱形窑眼推进了淤泥里，土窑脚一软，腰一闪，彻底倒塌了。

然而，童年的玩耍之地终究离不开土窑。我们村陈万全家旁的一座土窑成了我们的乐园。那座土窑位于马路边，是我们每天上学、放学的必经之地。土窑是废弃的土窑，苍老得找不到顶上的窑眼，也寻不着旁边的窑门。它全身甚至找不到一处空洞，我们真怀疑它是否曾经真的烧过砖瓦，它兴许徒有窑的体型，却从未发挥过窑的功用呢？但不管怎么说，它庞大的圆锥体装满了我们的欢乐。

现在，再回到家乡，遍访几处土窑，早已草木丛生。当年庞大体阔的土窑，早已成了隐没于旧土深处的小土包了。秋天，叶子飘落，发白的小草，在土窑的残垣上祭出一把把小旗……

世上恐怕已无土窑，此地早已颓败一片。曾经闪耀于此的"火的艺术"，燃烧在焦黑的泥土深处，秋风萧萧，无法吹熄。

祠　堂

据说，祠堂是宗族祭祀先祖的地方。可在我童年记忆中，祠堂却从未举办过一场仪式，让我探探祖先的血脉及历史的体温。

小时候，我们倒是总喜欢在祠堂里玩耍。年少无知的我们，感受不到祠堂的庄严与肃穆。印象中，这座位于村子中央的建筑，古朴而厚重的木门永远敞开着，吸引着我们迈着轻快而杂乱的脚步，迈向其潮湿阴暗的深处。祠堂里的戏台、祠堂里的天井、祠堂里的雕花屏风、祠堂里上锁的左右两个房间……这一个个部件，是凝聚陈氏宗族力量的文化空间。

站在天井中央，抬头极目，若是晴朗，阳光普照，苔藓青瓦，绿得刺眼。俯视脚下，暗沟默然，暖气抚砖。更多时候，我们渴望雨天，因为雨天不必跟随大人去田里干活，如果又恰逢寒假则更妙，我们从晒场"移师"祠堂，在戏台上蹦跳，每个小伙伴都把自己当成主角，根本没有"配角"意识，陈旧的木板，在我们的打闹中微微颤抖。祠堂里几根支撑的石柱子，表面的石灰已脱落，斑驳的躯体，任由我们稚嫩的手掌在上面摩挲，柱子逼近地面两三尺的地方，全是我们无礼的脚印，我们将莽撞的历史记载在上面。

祠堂里最大的聚会是看电影。偌大的祠堂也只有在此时才能发挥它最大的作用，它消瘦的内室仿佛要被四方八村赶来的人挤爆。记忆中，祠堂还演过一部戏，是我们县剧团的保留剧目《血衣冤》，第二天，据攀爬在祠堂窗户上看戏的别村人传话出来说：当晚，他感觉到戏台在吱吱呀呀地晃动……现在想来，这一定是那人心理作用。

小时候，祠堂里，唯一与聚餐有关的一次大活动，是村里陈接发失散了三十多年的弟弟陈接藤回来探亲。陈接藤可能是我们村第一个穿西装、打领带的人。他带着妻子和女儿挨家挨户地走访，挨家挨户地道谢，挨家挨户地送上一团刷锅的铁丝。陈接藤这一新鲜的见面礼当时点燃了很多村民的心，对我们村人用丝瓜络洗碗刷锅亦是一种颠覆。年纪大、认识或记得陈接藤的乡亲，都说陈接藤以前受苦了，现在有出息了；不认识、不晓得陈接藤的乡亲，现在知道了，都说陈接发有这么一个弟弟，接下来，真的要发达了……总之，都是好话，都是美好的祝福。陈接藤为了感谢全村人一直以来对他贫穷的哥哥的关照，除了献上薄礼，还请全村人在祠堂吃饭。

那是真正全村人的大聚会。这样的场景，最近几年才得以重现。而此时的祠堂已旧貌换新颜，在原地得以重建，以前的老祠堂，成了陈氏家谱中纸面上的文字。新祠堂的正门上方，鲜红的油漆涂抹在六个凸起的大字上——舍陂陈氏祠堂。

近些年来，农村对清明祭祖聚餐特别看重。其实，说得准确一点是：清明祭祖一向被看重，而祭完先祖、上完坟、踏完青，宗族人员聚在一起吃一餐渐成时尚。我们村也不例外，这几年，清明回老家扫墓，在村里聚餐成了新增内容。聚餐地点自然选在舍陂陈氏祠堂。第一年聚餐前，还举行了祭祖仪式，听说托另一村同是陈氏宗亲的关系，不知从何地弄来了一个大的香炉，摆在祠堂正前方。正前方墙壁上，贴着一张红纸黑字的祭文。全村男子老少，齐齐下跪，倾听完祭文，围成几十桌，热闹非凡地大吃大喝起来。空旷简陋的祠堂里，弥漫着浓浓的菜味与酒气。

恍惚中，依稀记得，某个酒桌的位置，是老祠堂的某个位置，那里曾经的模样，便映在眼前。农闲的时候，除了小孩子们的追逐打闹，也是村里集中修修补补农具的时候。那时，我父亲是大队的副大队长，村里杂七杂八的事，都由他打理。他到处去请篾匠、木匠和铁匠，把他们领到祠堂来，指挥着乡亲们将砍下的竹子、松树、杉树以及生锈的、用钝或折损的镰刀、锄头等家具搬到祠堂来。有时，篾匠、木匠和铁匠"三匠"同时在祠堂里开工，"八仙过海，各显其能"。村里的大人小孩各选其爱，择地旁观，一边看，一边聊天，家长里短、天气节气……说说笑笑，一天时间就这样不急不缓地流走了……现在，仿佛一闭上眼，那些铁花四溅、木屑纷飞、篾刀闪闪的场面就在昨天；那些前前后后走着、笑着，年轻着、老去了的乡亲，仿佛站在新祠堂的某个角落，冷眼旁观着这一桌桌丰盛的鱼肉。

每年清明节假期一过，我便匆匆告别母亲，离开村庄，回到了城里。很多跟我一样常年奔波在外谋生的人，也就是在这一次聚餐桌上，敬一杯酒后，也回到了各自谋生的城市。在村里守着田地的乡亲们，在忙完春播、夏抢、秋收后，便迎来了漫长的寒冬。

一次，一个问候的电话打到家里，我收获了一个温暖的讯息：村干部为了照顾留守老人，在祠堂里燃起了柴火，将留守老人们一一接来，在一起烤火取暖，集中照顾……

但我还是不敢去看祠堂。我怕会看到被清明的纷纷雨打湿祠堂的屋檐，一年都干不了；我怕听见老祠堂的人声回旋在新祠堂里，泛起往昔的记忆；我怕来去匆匆，像一阵秋风，裹挟着悲凉，却被乡亲们误读为满眼的期望……

大队部

大队部在舍陂村的西边村口，那时，舍陂村还是舍陂大队，所以，大队部叫舍陂大队部。那时，舍陂大队所辖，除自己村外，还有卢家村、江里村、江背村、路思坪村及官塘下村五个自然村。

彼时的大队部，比较简陋，但也算是"五脏俱全"，六七个房间，左右前后依次排列，有公社蹲点干部的住房、大队会议室、蹲点干部的厨房、大队商店售货员的住房、商店及电话间以及大队卫生所。

从大队部走出来的公社蹲点干部，是我那时见到的最大的官。他住在大队部，有时也在大队部做饭吃，但大多数在农民家里吃。挨家挨户排饭，一户人家排一天，蹲点干部吃完饭，会放下几张粮票和几张角票，从没白吃白喝。

蹲点干部从公社派下来，不是来吃干饭的，除在大队部主持召开各种会议外，大多数时间在田间地头调研、干活。每位蹲点干部都有一口田，播种插秧施肥灌溉收割，都要亲力亲为。蹲点干部手持斗笠或草帽，挽着裤脚来往田间及大队部的形象，在我头脑里至今仍很清晰。

大队部商店售货员长期由我们村的陈素华及江里村的宋素清担任。不知是因为她们自认为"不凡"而有了信心后刻意打扮，还是本身确实长得高挑漂亮，连我都不得不承认，她俩是为数不多配在大队部商店卖东西且接听电话的姑娘。她俩在我童年的记忆里，被认为是"吃商品粮的人"。的确，她俩很少下田干活，永远光鲜。一串大队部的钥匙轻扣在右手食指，走起路来，婀娜的身姿，配合着叮当的钥匙碰撞声，像一首浅唱低吟的乡村小曲飘荡耳边。

宋素清、陈素华两人轮班休息的房间，除了一张床，还有一张桌子。桌子像梳妆台，但其实除放了一面镜子、一把梳子和一两瓶雪花膏外，就是堆放报刊和信件。桌子放在窗户下面，窗户对着马路。邮递员送来舍陂大队的报刊和信件遇到大队部大门紧闭时，就爬墙、掭身，丢在这张桌子上。从这个作用讲，这间房也成了大队的收发室，进出这里的人自然不少，但我等小孩是断不能随便闯入的。一则因为这是闺房，二则怕我们这帮小孩偷报刊来擦屁股或撕了折纸飞机……

大队部大门前有一块足球场大的空地，那里是村里放电影的好地方。那时候，不是每个自然村都有放电影的资历，只有称得上"大队"的，才能放电影，而且，是一个大队一个大队轮流着来，每一轮放两部长片，一部介绍祖国新貌或新闻简报相关的短片。

放电影时，是大队部最热闹的时候。一是放电影的设备放在大队部，二是放电影的人住在大队部。设备一到，大队部就挤满了小孩，塞满了好奇的眼神。胆子大一点、读过几年书的年轻人，扛着锄头走进大队部，理直气壮地问电影放映员：今晚放什么电影？如果对方不吭声，他反正认识字，找放在发电机旁装电影拷贝盘的铁盒子看，上面用红油漆斑斑驳驳地写着呢。如果字迹实在太模糊，又要再一次厚着脸皮去问。有一个经典的段子是：放映员没好气地回答"明天回答你！"，听者不满意，非缠着对方说。我们在一旁听了，也急：就现在说呗，干吗要明天回答，明天回答还要你说吗，今晚放完我们个个晓得了，还用你明天回答？我们不就是想早点知道，然后马上去向家人、乡亲或其他小伙伴吹吹牛、显摆一下呗。放映员又说"明天回答你"。后来，我们才知道，那部片名就叫《明天回答你》——谁叫我们不当真，以为一无所获，失望离开呢。

如果运气好，说不定还能先睹为快呢。有时，放映员要试片，就是先放一遍，怕晚上出故障，被乡亲们骂，所以要"预演"一遍。地点就在大队部的会议室，一般是在下午，将窗帘一拉，只有少数几个人看，比如大队干部、公社蹲点干部和赤脚医生陈建国。有时不关门，如果小孩守规矩，不大喊大叫，不成群结队，便可以偷溜进去，过一把没有普通观众的"专场"瘾。

赤脚医生陈建国的乡村诊所就设在大队部，里面有一张桌子，桌子前一张凳子。桌子上放着处方笺、听诊器，还有一支钢笔。抽屉里有一些消炎药和一只装着针头针管的铁盒。屋子的一面墙摆放着一个简易的药柜，药柜旁挂着他出诊用的卫生箱。墙角放着两张短凳，一张给病人打针时坐，一张供带病人来的陪同人员坐。

不管有病没病，我们都喜欢到陈建国的卫生所去。有病时，能得到父母的重视和关心，带到陈建国那里，只要说不打针，他就开药叫我们回去；没病时，我们去他那里拿用完药液的空盒子，用它做文具盒或养蚕的"暖房子"。

陈建国很喜欢我，也爱逗我玩。不过，他有时开玩笑，拿我开涮，我却听不懂。还记得，我买得人生中第一本课外书，还拿给了陈建国看。那本课外书叫《一只红辣椒》，是一本小学生作文选。陈建国用钢笔在书上题了我的姓名，并且鼓励我好好学习语文。

此后，我读了小学，升了初中，考上了高中……陈建国比我父母还了解我的语文成绩。特别是我离开家乡到南宁，他知道我做了记者，而且成了作家。

若干年后，我回到村里，陈建国有意无意地，在我家附近的马路上闲逛，以制造与我的"巧遇"。他见了我，总是问我的职业情况和工作体会。他的问话得很内行，这时，他是记者，我是被采访者。末了，他说：后生仔，我早就知道你会有出息，因为，你是我们村最爱看书的人，从小就爱，现在不知看了多少呢……

最近几年，回到家乡，再没见到陈建国。母亲说，他到城里去帮他儿子带小孩去了。这时，我反而想主动见到陈建国。我会不由自主地逛到昔日大队部的地方，但那里的房子、那里的一砖一瓦，全没了，全没了……秋风悠然，竹林摇摆，只有一片片单薄的叶子，追着我的裤脚一路小跑，间或，还有来往的农用拖拉机，轰鸣着自己的欢快，把我推到记忆以外，推到夕阳落山的那一边……

旧物牵情

　　田野慈祥地围绕着村庄，日子推着马路的泥泞往前走。记忆里更多的是，故乡被轻雪覆盖，远山被烟霞笼罩，往昔如歌声起伏。瓜果稻菽，晨曦夕光，旧物弹拨落叶的气息，升腾起来，偶尔被地方志提及。

　　若隐若现，石灰斑驳的晒谷场、碧波荡漾的水库、灰暗芳香的榨油坊、喧闹简陋的工分间，以及艰难挺立的粮站……它们穿梭而来，涉水而至，亲切饱满。也许，有人可以"只做一株遗世的梅花，守着寂寞的年华，在老去的渡口，和某个旧人，一起静看日落艳霞"。但我不可以，纵然时光老去，拾掇点滴，藏在心底，时时回味，自有一份人世间轻雪烟霞般的薄醉与浅思……

晒谷场

　　后来我明白了，父亲与母亲奋不顾身地从祖屋里挣脱出来，在村口的马路边建房子，哪怕只是一栋土坯房，原因之一是他们想离晒谷场近一点。现在好了，晒谷场就在我家的侧门外，它像个懒汉，袒胸露襟地躺在村的东面。

那时，晒谷场是村里的，它承担的是晾晒村里谷物的责任。这块面积足足有七八亩的平地，在收获季节是全村最富庶的地方。我们舍陂村两个生产队的稻谷"划江"而晒，远远看去，连成一片，不分彼此。早上七八点钟，队员们在忙完从大约五点至六点的田间早工后，聚集到晒谷场，打开晒谷场对面的仓库，将里面的晒谷席一一扛出来，摆好，摊开，再将刚收割回来的、湿漉漉的稻谷，以及前一天中午、下午收割的稻谷挑到晒谷席上，倒出，推开，均匀地铺在席子上。

这些活，往往是男人们及年轻的女子们干的。中老年妇女一般不出早工，而是在家做饭。而一整天守在晒谷场上翻晒稻谷、到了黄昏时收稻谷、用风车筛选稻谷则是中年妇女们的事。中年妇女们轮流着来，一天往往是七八个或十来个中年妇女为一班。翻晒稻谷是个耐心活，而且要求勤快。一般每隔半个钟头就要翻耙一次。此时烈日当空，六七十张晒谷席上的谷子都要翻晒一次，每一次需三四十分钟，每天最起码也要翻耙六七次，翻耙得勤的，要八九次。翻晒谷子也是技术活，用耙推谷时用力要均匀，太重了，会将晒谷席上的稻谷全"刮"光，全推到两边了，中间的地方就薄了，晒谷子就变成晒席子了，浪费地方了；太轻了，晒谷席上的有些谷子晒不到。耙与推时要用巧劲，才能将晒谷席上的稻谷梳理出均匀齐整、柔美清晰的线条来。

每翻晒完一次的间隙，便是晒谷妇女们享受的时间了，这是在田间干活的妇女享受不到的。她们可以回家做一些家务。如果不想回家，便将耙往仓库门口一放，毛巾往肩上一搭，坐在仓库门槛上闲聊。于是，各种各样的奇闻怪事不管有没有逻辑、不管是不是真的、不管东家西家，就传播开来了。她们聊着聊着，会突然站起来，嘴里吹出夸张而尖利的"嘘——"声。原来，有贪吃的小麻雀或不知哪户人家的鸡鸭跑出来，偷吃稻谷了。

至艳阳收敛起狂热的脸庞，热浪变得不那么张狂时，一般是在下午六点钟左右。之前，一片橙黄而又空旷、宽广、安静的晒谷场又喧嚣了起来。几十张晒谷席被妇女们拎起对角，于是，四米折成了两米，稻谷们在突然变小的空间里拥挤在一块、堆积成一堆。接着，几十架风车被抬到晒谷席上，晒得干燥而清脆的稻谷被轻快地托上了风车，混入其中的秕谷、稗类之流，被摇动的劲风吹出风口，饱满而丰盈的稻谷则从下面的漏斗中潇洒而自豪地跑出来，进入了箩筐里。整个过程自然而流畅，没有任何疏漏，也不存在任何投机与徇私。

晒干、"车"好的谷子以箩筐装盛的形式整整齐齐地摆放在晒谷场上，它们有一部分被从田间收工回来的男人们挑进了仓库，将作为公粮上交国家，另一部分将作为口粮被分到每家每户。分口粮的过程并不简单：先要过秤，称好，记数，放入每个箩筐中；再根据每户人家所积工分折成的重量抓阄，抓到对应的箩筐，才能将稻谷挑回家。待到所有稻谷各有归属，待到晒谷场上的晒谷席、风车、扁担、晒谷耙都收拾完，空旷的晒谷场上便涌上来鸡鸭鹅，它们纷纷抢食漏掉的稻谷，或在遗留的秕谷中翻啄……而这时，已是月光如水或星斗满天了。

这是晒谷场一半的舞台。另外一半，是在晚上，或是农闲时，那是我们顽皮小孩登台表演的时候。我们在晒谷场上捉迷藏、丢沙包、玩老鹰捉小鸡、滚铁环、踢毽子……晒谷场成了我们的游乐场。

读初中二年级时，我死缠烂打，甚至以"如果步行就不去上学"相威胁，家里终于为我买了一辆"长征牌"载重自行车。得到自行车时，我压根就没骑过自行车，于是，只好现学现骑。堂姐陈桂秀成了我的临时教练，她告诉我骑自行车的简单诀窍后，将自行车推到晒谷场，将我扶上自行车，她推着自行车，我就强行上路了。

这时，偌大的晒谷场在车轮下变得很狭窄了，平坦的晒谷场好像也高低不平了。我手忙脚乱，顾得了手上顾不了脚下，车头歪歪扭扭，脚下摇摇晃晃。一直跟在车后的堂姐扶着车尾，满头大汗地奔跑着。突然，她大喊："快点！快点拐弯！快点！快点刹车！"可我头脑一片空白，哪知道怎么拐弯，哪知道如何刹车！只见自行车一头栽进了晒谷场尽头的池塘里。当时正值春节，寒风刺骨，我从池塘里爬上来，第二天重感冒了，那天起，有七八天不敢再摸自行车了。

水 库

我们那的水库叫"白水门水库",那时候之所以认为它大,是因为站在我家的侧门前,抬眼一望,就能看见"白水门"那三个字。那三个字令人生畏,不是因为它字大,而是因为白水门水库那个地方令人生畏。

小时候,一听说"白水门水库",我就想到干苦力活,干苦力活就意味着艰辛,而且是一整天的艰辛,从早到晚的艰辛。从小学到高中毕业,我都在白水门水库流过汗水。那时候,我甚至怀疑:白水门水库两千七百多万立方米的水是不是由我们的汗水蓄成的。

那时候,一听说"白水门水库",就知道,大人们要去那里砍柴、砍竹子,或者摘油茶籽……总之,都是去那里干力气活。白水门水库虽然在我家侧门前一抬眼就能看见,但要用脚步去丈量,就远了。紧走快赶,沿着弯弯曲曲的田埂,从我们舍陂村,往严城村,再到江下村,至白水门水库大坝下,至少也要走半个小时。再从大坝下沿着高到鼻尖的台阶往上爬,至少又要二十多分钟。准确地说,从我家里到水库大坝上,至少要走一个钟头。这是不需肩挑手提流的第一次汗。

到了水库大坝上,这还只是完成了"万里长征第一步"。我们要去的地方是山里,是山的密林里。密林在水库的另一边,大坝在东边,密林在西边,我们要从南边的堤岸绕过去。遇到旱季,水库里水位低,那些堤岸化成软软的小泥路,不会让人陷下去，也尽量贴着水域做着减法带着我们走。如果遇上雨季或是丰水期，堤岸像抻长了的面条，软瘫、漫长，我们就成了泥沙路上艰难爬行的蚂蚁，光到西岸密林脚下，又要耗去三四十分钟。从密林脚下进门，到砍柴、砍竹子或摘油茶籽的地方，还要半个小时，而且，走的是最蜿蜒、陡峭、曲折的路。

回来的时候，步伐就慢了。在密林里砍柴、砍竹子或摘油茶籽，卖了一顿大力；捆好、装好，挑出山，又是卖一顿大力，耗去三分之二的力气后，才爬出来，刚想舒口气，归途才刚刚开始。

那时候，我们每年都要去那里四五次。记得上小学时，学校组织砍柴，从密林里出来，我扛着一根（只有一根）"萝卜树"（因木质疏松、轻盈而得名），回到大坝上，眼前被汗水完全糊成了一片雾，双腿像没有了骨头。我觉得，如果再将树根扛在肩上，肯定走不下大坝。我欲哭无泪，一个十二岁的少年郎，风将我一步步推到大坝的水泥路边沿。脚下水声轰鸣，卷起我的裤脚。我头晕目眩，双脚打战。我闭着眼睛，将肩膀一歪，将那树根往大坝下丢去。我期待着奔腾的流水会一路顺畅地送我的树根漂流下去。

丢下树根，只有别在腰间的柴刀，我轻松了很多，加快脚步，沿着台阶往坝下走去，我至少要能跟上树根的漂流速度。我终于看到它了，我的树根像一个被父母狠心抛下的婴儿，在泛起的浓浓水沫中翻腾。它好像故意在等我，待我走到水边，它才伸直腰，挺直身子，沿着水流的方向随波逐流。我舒了一口气，紧盯着那树根，在岸上不紧不慢地走了，不知是我陪着树根，还是树根跟着我。

当然，这般"投机取巧"的行为不是每个人或每次都能成功的。有一次，我同村、同校的小伙伴陈友根，他的树根被乱石卡住，他跳下去拨弄时，差点被回旋的激流卷下去，幸亏岸上的其他伙伴反应快，抽下扁担，伸过去将他拉了上来。

我初中一年级一位来自龙洲村的同学，暑假去砍柴，为了省却绕堤岸到西边密林去的路程，学着村里的大人，游泳过去。结果游到不足三分之一时，腿抽筋，沉入水底，再没能上来……

关于白水门水库的记忆，还与一场"地震"谣言有关。有一年，不知是谁传出，说我们那里将发生地震。具体时辰众说纷纭，那天晚上，大雨倾盆，村里很多人穿着蓑衣，戴着斗笠，披着塑料薄膜站在村口的晒谷场上。有人传出：地震极有可能就在今晚，因为白水门水库的大坝已经开裂了，这座建造于一九六〇年、高三十多米、长一百五十多米、全县最大的水库就要决堤了……可想而知，地震迫在眉睫。母亲猜想着，外婆所在的严城村地势可能高些，她要父亲抱着我转移到那里去。她不知道，假如地震真的来了，它的祸害其实远甚于水灾。

后来的事实证明是谣言。我们的大坝安然无恙，我们伟大的白水门水库依然屹立。后来，它被人们打扮得越来越美丽：不但周边栽种上了成片的果树，水里也养起了淡水鱼。我的堂姐夫钟兴国成了那里的果树栽培员，听说，还时不时能提一两条鱼回家。有一年，我还被他"招聘"去给果树施过肥，并且有幸坐过他撑的竹筏呢！

后来，我离开了家乡，去了江西以外的城市工作。白水门水库，这个"庞然大物"不知何时，竟然消失在我瓢大的脑瓜里。直至近一两年，这个地名时不时在我初中、高中同学的微信群里冒出来。起初，像一个水泡，接着，如一汪潭水，再接着，是一片水域。一个碧波荡漾的大水库，加上蓝天白云，加上游船、游人，蔚为壮观、十分妖娆地呈现在我面前。

一切既熟悉而又陌生……

榨油坊

那个时候去榨油坊是一种奢望。那个时候的榨油坊是青壮年男人的聚集地，小毛孩是没有资格去的。即使那座榨油坊就位于我家自留地旁边，即使它是开着门的，我也没有资格去，更别说它绝大多数时间都是大门紧锁的。

那是我们村里的榨油坊呵，方圆十几个村共有的榨油坊，其老旧、神秘，散发着淡淡的芳香，刺激着我，我非进去不可。终于有了一个机会。某一年年底，放了寒假，有一天，母亲要我提着小瓦缸，陪她去榨油坊。那是为我家榨油呵，前一天，父亲就已经将一年来收获的油茶籽挑去榨油坊排队。第二天，轮到给我家榨油了。

不知是天本就阴暗，还是榨油坊里的光线不好，我感觉是跌进榨油坊的。我的眼前先是一团漆黑，接着，好像有一团火，那团火慢慢地映红了很多人的脸庞。我将那些脸庞一个个"安装"在村里一个个熟悉的人身上。

我将小瓦缸放在地上，看到父亲从腾腾的雾气中冒出来，他将我带到一个大石碾旁，母亲将父亲之前挑来的油茶籽倒进去。一头黄牛围着碾盘转圈，村里的陈万全爷爷赶着牛。父亲说：石碾在将油茶籽碾成粉末。母亲指着灶说：碾碎了的油茶籽，再放到灶上的甑里蒸，然后，放到榨筒里，在榨筒的前后塞进铁圈，将榨筒里的碎油茶籽压成圆形枯饼……

母亲正说着，有人喊父亲的名字。我跟在父亲后面，父亲将几段厚重的木楔塞进榨筒里，榨筒前是一根长长的撞杆。撞杆被一根粗粗的大麻绳吊在房梁上，村里四五个壮汉执着一头，将另一头往木楔撞去。

"一二三，嘿哟！一二三，嘿哟！……"随着几根木楔一步步推进，我的牙关也咬得紧紧的。我真怕榨筒会突然炸裂啊！但壮汉们丝毫没停手的意思。他们仍喊着整齐的号子，撞击着木楔。母亲指着榨桶底人声说：出油了。我顺着母亲指的方向，往前走了几步，低下头，真的，有两三条类似水线的东西往下流了出来。我专心地看着，不转移视线，接着，有四五条或七八条，都似水线，织成了密密的"水帘"，赛跑似的，并排着跑下来。

榨油坊的香气越来越浓，温度越来越高。我浑身热热的，热得舍不得挪动步子去外面。外面现在应该是寒风刺骨了吧？我真想在榨油坊多待一会儿啊。母亲说：现在是榨接福家的，接下来是接冬家的，还有一榨，就轮到我们家了，估计要到晚上八九点钟才轮得到呢。我说：我怕回家，我不敢一个人睡觉。母亲说：那就先不要回去，在这里看榨油吧。

那真是一个幸福而又难忘的晚上。我亲眼看到我家的油茶籽变成了一滴滴清亮亮的油，缓缓地流入瓦缸里。那是我家一年的油啊，它们将在未来三百六十五个日子里，或多或少地走进各种菜品中，让日子滑香光亮起来。尽管二十斤不到，但毕竟能滋润一年的光阴啊。

油榨完，已是深夜。榨油的汉子们还有通宵达旦地工作。母亲将瓦缸小心地从榨筒下端拿出来，用盖子小心盖好。父亲挑过那担空箩筐，母亲将瓦缸放在一头的箩筐里。父亲刚将榨干了的枯饼叠好，放在另一头的箩筐里，便叮嘱母亲和我先回家，因为他要值班到通宵。

平时，没有油榨的榨油坊关着门，门前的野草越长越高，有青苔爬上墙头。也许是油的阴沉和金黄给了榨油坊特有的气质吧，每次站在我家的自留地里，我都会站着静静地看它几眼，为它写一篇一年一度热闹喷香的回忆录。

后来，听说县郊有了新的榨油机器，插电的，不用柴火，不用卖力气，而且，出油快，省工夫。村里人就将油茶籽用大板车运送，两三户人家凑在一起去县郊，半天时间就榨油回来了，还包含了一个多钟头赶路的时间呢。

再后来，父亲去世了，家里的那块紧挨着榨油坊的自留地也丢荒了。榨油坊因年久失修，风吹雨淋，倒塌了。有一年回老家，在村里的祠堂里，我看见一具横躺着的"庞然大物"——那不是榨油坊里的榨筒吗？它像一个老态龙钟的巨人，仰着空洞的肚子躺在那里，孩子们爬上又爬下，有的在中空筒子里面捉迷藏，有的甚至肆无忌惮地往里面撒尿……几年后再回老家，我忽然记起了那具榨筒，问母亲。母亲淡淡一笑说：早让村里人劈烂当柴烧掉了……

窗外，小雪飘飘，但话题捂热了我的记忆，我仿佛闻到了一股芳香：在原始古朴的木制榨油机旁，村人们打着赤膊，齐整地喊着口令，大家汗如雨下，通宵达旦地奋战着，直至每户人家的油茶籽榨完……

如今，这种榨油坊濒临消失，这种传统手艺也面临着失传……而我永远难忘，那个夜晚，我跟在母亲身后，我们迈着轻快的步伐回家，香气洒满一路……

工分间

工分，是生产队评定队员劳动价值最基本、最直接、最通俗的量化标准。那时，队员去田间劳动叫"出工"，"出工"时要敲钟。父亲是生产队副队长，司职之一，便是每天两次，用锄头去敲挂在村中池塘边那棵柚子树上的钟。村里人习惯把工作一天叫

"出一天工"，成人壮劳力出一天工，计十分，称为"出足工"，如果中间有什么私事请假了，或者偷工减料，或者效率不高，则要酌情减分，有时计七分、八分或九分。女人计分减半，一般为五分，当然，如有特别能干的，甚至比一般男人干得还多、还好的，可以计六七分。那时，能计六分或七分的，是村里的"女汉子"，她的事迹在附近的几个村子都会传开去呢。未成年人如果要出工，一天大多计两分或三分，六十岁以上的老人只有三分或四分。

硬性规定的分值没得说，灵活浮动的分值就要讨论。而且，每天出工的分值要拿工分簿去记下来，将来，每一分都要折成稻谷斤数和钱款数。工分就是类似今天单位的绩效考评积分，对于队员来说，工分意味着饭碗，半点也马虎不得，半点也模糊不得，半点也放松不得。

于是，每天吃完晚饭，队员们洗了脚和脸，换了衣服，不是上床睡觉，而是手执工分簿，到工分间去评分登记。工分间里因为有上述多种复杂因素，所以，永远是吵闹喧哗的。

村里有两间工分间，因为村里有两个生产队——第一生产队、第二生产队。我家是分在第一生产队。第一生产队工分间是一间矮小的砖瓦房，三四十平方米，就在我家旁边。小时候，特别喜欢去工分间凑热闹，吃了饭，洗了脸和脚，我见父亲拿了工分簿出了后门，就追着跟出去。身为生产队副队长，父亲总是要赶在其他队员之前去工分间。他先要与队长、会计等几位生产队的核心成员粗粗讨论一下，总结一天来的劳动情况，谁表现积极，谁磨洋工偷懒，谁的工质量好，谁的效率低，先形成一个统一的、大概的意见，待队员们陆续进来时，计分员心里就有底了。当遇到特殊情况下的减分、加分，能当场说出一个理由来，并且说是大家集体研究和讨论过的，对方一听，一般都能接受。如果有不同意见，再当面议。

农忙季节，拔秧、插秧、挑担、割稻、犁田、耙田……无非就是这几项主要工作。可以量化的是拔秧、挑担，收工时一点数字，拔了几个秧、挑了几担谷子，都是有具体数字的，你赖也赖不了，所以，以数量计工分，谁都服，没话说。头痛的是插秧、割稻、犁田、耙田，只能按大概的田亩数统计，而且，很多时候是几个或十几个队员挤在同一口田里干活，很难分清楚究竟谁干得多谁干得少，只能你埋怨我手脚慢，我埋怨你效率低，体现在分值上，要减分的死活不同意。所以，计分时谁都不敢轻易叫老婆孩子代替来，因为怕老婆孩子说不清，会吃亏。

当然，也有特例的，如果男人老实的，有时会专派老婆来，因为他老婆嘴巴厉害、样子凶，计分员怕她，生产队队长见了她发怵。于是，三四个女人便成了工分间里的"常客"。有时，生产队里讨论其他什么事，照样是她们全权代表，全程出席。男队员们见状，便开始说笑话，也撵不走她们。有的女的跟男的一起讲，还起嘴来比男队员还大胆，男的只好"缴械投降"。整个工分间里笑声不断。

记不得几岁时，有一天，父亲对我说：你长大了，可以跟着我们去出工了。母亲也在一旁说：拔秧总会吧？拔多少只秧，计多少工分。说实在话，我闲散惯了，而且也没做什么思想准备，就被父母亲赶到了田里。那天早上，我总共拔了四十几株秧，而其他队员，最少的也有七十几株，我羞得无地自容，撑着痛得直不起来的腰，中午说啥也不肯出工了。

当晚计工分，我父亲对我早上出工的事只字未提，还是计分员陈接福主动提及，并且根据拔秧数量给我计了一分。这是我人生中第一次为家里创造可量化的"价值"，在工分间里，我第一次成了当事人，而不是旁观者。

借着月光，或者就着煤油灯光，工分间里的"评""争""吵"永远是主旋律，因为要坚持"公平、公正、公开"的原则，所以尽量避免"情亲而弊生"的结局。"争"完了，"吵"过了，把意见说出来，把理由摊出，把看法统一，"评"出合理工分，就收了本子，熄了煤油灯，关了门，第二天出工，又是拼死拼活、和气做事的一天。

有时，我想，工分间早已拆除，建了新房。要说最难忘、最怀念工分间里的一个物件，那我会认为是工分簿。一个时代有一个时代的记忆，一个时代的人有一个时代的人的价值。那时，虽然一分可能只折价两三分钱，或者几两稻谷，但积少成多，艰难生存也是一种人生的状态，而公平竞争、诚实劳动、苦中作乐则成了一种普遍的人生态度。

如今，工分间不见了，工分簿不知丢到哪里去了。匆忙之中，有几人能想起它究竟有什么意义呢？飘忽一晃，已逾四十多年，烟霞旧雨，时光老去，付出与收获、投入与产出、时间与金钱、效率与生命……工分间里的争吵余音缭绕，跨越地域，跨越时空，都是关于"劳动"的最好诠释……

粮　站

人的记忆真是奇怪得很，我也不知道，粮站这个地方会来挤占我关于故乡的回忆。我想，粮站在我的记忆中绝不仅仅是一座装粮食的建筑，或许与我人生的道路有某种瓜葛。

"驿站"——当这个词倏地跳入我的脑海，我感觉终于将粮站放入了一个妥帖的位置，我终于没有辜负我与粮站朝夕相处近一年的经历。那是我人生中最彷徨也是最关键的转折时期——感谢粮站收留了我，感谢在粮站与我一起劳作的亲朋好友收留了我，让我暂时规避了诸多疑惑与质问。在这么一个地方，这么一个离家十几公里的乡镇圩上，以少有的理解和宁静温暖地接纳了我，让我在白天劳作后，夜晚得以躺在一块简陋的木板上梳理往事，思考未来。

那时应该是一九九一年吧，我在前一个月被迫放弃了高考。父亲不晓得关于"高考"的一切，我的提前回家，我的低调、沉默和消沉被父亲解读成了上大学无望。母亲一贯的看法是：读不了大学就早点娶妻生子，安心在家种田。她早就预示（或是希望？）我早晚要回到土地上，所以，我回到家，她丝毫不惊讶，只是恰逢农闲几天，还没来得及给我安排农事，但"先放着作为一个随时要使用的劳力"的想法早已在她心中生根发芽了。父亲则比我更加沉默和消沉。我知道，父亲心中唯一构筑的东西轰然倒塌了，或许，早已一点一点崩垮了。只是，他一直没有承认或者不愿意承认而已。当他看到我的神情，他不敢用语言迎接我，我也不敢用语言迎接他。我们彼此都小心翼翼地躲避着对方，我们似乎都心知肚明，怕伤害对方。

现在，终于有了一个可以逃脱的机会，虽然只是暂时的，但也不失为一个很好的逃脱的机会。第二天，我的在乡里承包了一个粮站建造工程的堂姐夫宋检苟路过我家门口，对我说：粮站工地上缺个小工，你明天跟我去吧，包吃包住，每天工钱五块。他说这些话时，显然，脸上是荡漾着喜悦的，他正愁找不到劳力，或者说，找不到自己信任的、沾亲带故的男劳力。

我以为，我的到来会给工地上的人们带来笑料，但没有。这个地方好像是一块"世外桃源"，我的堂姐堂妹们连小学都没有上完，在她们的眼里与心中，可能只有"干活"与"不干活"的人，压根就没有"高考"与"不高考"的人。我的到来给工地增加了一股阳刚之气倒是真的。之前清一色的七八个女工，有且仅有三个男水泥匠让我的堂姐夫宋检苟带领的"班底"有些男女比例失调。建造粮站的节奏与速度似乎完全掌控在女工们的手里。所以，宋检苟需要一股新生力量，能站在他那边，带动女工们的积极性。而女工们希望一个男劳力的加入，能为她们分担一些重活。事实上，我没有让他们失望。现实让我不愿多想学校的事——那些似乎已离我远去，再也触摸不及，只有手中的活能补偿对人生及家庭的愧疚之情。我不愿意多说一句话，只是闷头干活。

可越是这样，我的堂姐堂妹越是关心起我来，她们担心我闷出病来、累出病来，她们不时与我聊天，甚至不时地夺过我肩上的重担。

我们吃饭和住宿是在镇圩上富山村的周小兰家。后来我才知道，周小兰的父亲才是建造粮站的包工头，宋检苟只是建筑承包商，他只是拉了周小兰的姐夫入伙，才取得了粮站里唯一的一座大粮仓的第二承包权。我明确地提到了"周小兰"这个名字，因为她曾是我的初中同学，她从卫校毕业后嫁了人，并且在县郊开了一家私人诊所。周小兰的父亲是个善良老实的人，他的个头瘦瘦高高，讲话却慢条斯理，或者，他是故意将声音压得很低，他说，小兰也是嫁得好，两人是卫校的同学，毕业后都不想去医院工作，男方是县郊的人，他父亲又是医生，两人就给他父亲打下手……周小兰父亲的表达让我的心里稍微安静一点，在他家吃住也慢慢坦然了。也不知道是故意回避还是什么，在这一年的时间里，我没有见到周小兰回娘家。

粮站的粮仓一天天长高了，我的双手一天天粗糙了，肩的承重能力也一天天增强了，我的心也慢慢回暖了。一天，在工地上，我收到同村在县邮电局当邮递员的堂弟陈小平专门送来的信。信封上显示是"印刷品"。印刷品是一张样报，我的一篇七八百字的小随笔发表了，这为我第二年去那家杂志的读者联络部编辑《通讯员之友报》埋下了伏笔。这也使我与工地上一位互生好感、来自捞塘村的叫"玉美"的女孩，像拉锯战一样地进退两难。

后来，我们建造的粮仓终于站起来了。再后来，第二年、第三年，又有第二座、第三座新的粮仓建起来了。我们成了粮站的首批建设者，我们是"拓荒牛"。对于我而言，这段经历是走向社会的第一步。我庆幸，在那近一年的时间里，我没有虚度，白天劳动，晚上看书，有时，就就着浅黄色的电灯，伏在那块老旧的木板上写些感想类的文章。

从工地回来，我开始清醒地思考未来，开始坚定某一条道路。我破釜沉舟，毅然决然，不断努力，终有小小收获。若干年后，一个来回，我又到了这个地方。不过，此地成了"故乡"，我已恍若不是少年。后来，粮站不在了，所在地方变成粮管所了。

轻雪不盖，晚霞不覆，再猛烈的风都吹不走曾经走过的路。不管是粮站，还是晒谷场、水库、榨油坊、工分间……都曾带领着故乡——我的故乡，在山河日月里，散发过万丈光芒……

题戏年图

我人生的前二十一年在农村度过。这二十一年又分为两段，前一段，十岁之前，是玩着游戏长大的。

现在想起童年的游戏，脑海里仍会浮现某些场景：微热的午后，与小伙伴们追逐奔跑在乡间小路上；或者，夕阳将落，在村头的晒场上撒野；又或者，月亮挂在树梢，还在走村串巷嬉戏吵闹……

那是大人、小孩都很忙碌的岁月。大人忙碌在田间地头，汗流浃背，为生计苦苦挣扎；小孩忙碌在村头村尾，尽情玩耍，为岁月挥霍时光。小孩们那些花样翻转的游戏玩法，像一张张翻动的扑克牌，在我脑海里跃动着鲜活生动的规则与动作。

很早以前，读过一句诗："贫穷而能听见风声也是好的。"在那些清苦的日子里，我们玩着简单而快乐的游戏，不就是我们听见了风声吗？那些风声，飘过春夏和秋冬，飘过花草和树木，飘过地面和天空，让我们一次次地体验着淋漓畅快，抗衡着孤独单调，捍卫了属于童年特有的欢乐和充实。

捉迷藏

捉迷藏是最刺激、最冒险的游戏之一，那蕴藏着挖空心思才能寻找到的乐趣。

捉迷藏，最好是在晚上，或者，至少是在阴天，又或者，是在阴暗的环境。那时，我们村的祠堂，老旧、阴暗、潮湿。祠堂分前厅和后屋。前厅是一个行将腐朽的大戏台，戏台下有无数根被蜘蛛网缠绕的柱子。后屋有左右各两间房，房门紧锁，我们从未见过里边放着什么东西。后屋上面是楼板，楼上放着生产队的各种农具，有箩筐、脱谷机、插秧机、晒谷席……大多是破烂了要修补的——这是我们躲在楼上时，在黑暗中无数次摸索、无数次碰撞后想象出来的物品。

捉迷藏的游戏规则很简单：一队藏，另一队找。然后交换角色。找方全部找到藏方队员计时，然后交换角色继续游戏，最终用时短的胜。所以，为了藏得隐蔽而不让找方发现，藏方想尽办法，恨不得变成孙猴子飞到九霄云外，遁得无形；或者，恨不得化身土地公公，钻进地里，了无踪迹。

印象最深的是有一次，有个小伙伴藏得太好，谁也没找着他，怎么找也找不着，最后，连他同一方的伙伴也没找着他。大家找到天黑，找到父母们在祠堂外喊回家吃饭，才走出祠堂。不一会儿，那个小伙伴就哭着从后面追过来。原来，他躲在楼上的棺材里，躺了很久，没人找到他，待久了，他觉得不对头，从里面爬出来，发现天已经快黑了，而且，大家都走了，便吓得哭了。

有月亮的晚上很适合玩捉迷藏。周围朦朦胧胧、模模糊糊、神神秘秘……一切都在为玩捉迷藏制造条件和渲染气氛。在这样的环境中，随便找个地方藏起来，就能让对方找寻半天。而且，这种时候不但考验寻找者的细心，还考验寻找者的胆量。夜深人静，躲藏的人敢去的地方，寻找的人敢不敢去啊？如果寻找者的胆子小一点，就输啦！

有一次，已经很晚了，一个小伙伴竟然躲进了村头的女厕所里。如果不是刘婶刚好在里面解手，骂着追打他出来，谁也不会想到那小子会藏到女厕所里去。

印象最深的，还有一天晚上，我们在玩捉迷藏，突然，看见马路上射来一道手电筒的光。我们知道，是班主任陈接会老师在学校办公室备完课、批改完作业后回家睡觉。这一回，我们玩起了真的"捉迷藏"游戏，大家纷纷躲了起来。我心想：这么晚了，还在外面疯玩，让陈老师发现了，一定会被批评。

慌乱之中，我一头扎进堆在马路旁仓库墙角的稻草垛里。我至今也不明白，陈老师为什么有火眼金睛，竟用手电筒准确地照射到了我。他揪着我的耳朵，把我从稻草垛里扯出来，勒令我回家睡觉，因为第二天还要上学。

踢毽子

暗黑的房间里，一个八九岁的孩童，正在翻箱倒柜，搜寻着什么。终于，他急促的小手停下了，他的小手从床头的抽屉里摸出一个东西，兴奋地奔向窗前。借着外面射进来的亮光，孩童的脸上也绽放出了闪亮的笑容……

那个孩童就是我。我拿着的是一枚铜钱。我当时不大能认出铜钱四周的每一个字，我只能确认铜钱中央有一个四方的大孔。铜钱是做毽子的基本条件，这就足够了。

长大之后，我才知道，我拿到的铜钱，是爷爷留给父亲的遗产，它们被父亲用布小心地包着，放在抽屉里最隐蔽的角落。我当时不知轻重，我将那枚铜钱揣进口袋里，跑出屋子，找到一颗钉子和一块石头，在铜钱的边缘打了四个小孔。

接下来，我要去找用来填充中间那个大孔以及周围四颗小孔的羽毛了。羽毛一定要鸡毛，鸡毛一定要公鸡毛，公鸡毛一定要尾巴上的毛，最好是五彩的公鸡尾巴上的毛。寻找羽毛最好的时候，是在逢年过节时。逢年过节时村里人才有杀鸡杀鸭的机会。特别是除夕，再穷的人家，也会杀一只鸡。每每这时，我们这些小孩，个个比平时勤快，都争着替大人们拔鸡毛。其实，大人们都明白，我们是醉翁之意不在酒，但这时的大人们不会与小孩们计较。

小孩们拔毛是有选择性的，那就是专门挑尾巴上的毛拔，拔完了，攥在手上，一溜烟就跑了。如果哪户人家没有小孩，拔下的鸡毛完整地晾在墙上，别家的孩子就会来偷，人家看到了是不允许的。要知道，那时，一只鸡的鸡毛，可以换一两样日用品呢。

鸡毛拔来晒干后，柔软飘逸，五彩缤纷。首先，选三四根最粗最长的，扎好，插入中间的方孔里；其次，用火烫煳底部，压扁，卡在孔中不脱落；最后托在掌心，掂量掂量，确定其结实、均匀，一个简易的毽子就做成了。如果想要复杂点的，便在四周的小孔里再各插一根羽毛。如果想要精美豪华点的，就用花布将铜钱底座缝起来。这样，既结实耐用，又美观漂亮，拿出来在脚下做几个动作，足以让其他小伙伴羡慕！

影响毽子质量和美感的因素还有很多方面呢。往深里琢磨，是小伙伴们从无数次踢毽子的经验、体会中得出来，并且口口相传的。我虽没能力去一一论证，但也深信不疑。首先是铜钱要好，最好是那种大点的、厚点的，说白了，秦朝时期的铜钱小而薄，不适合作毽子的底座，当然，如果真是秦朝时期的，也舍不得用作底座，早收藏到博物馆去啦。明清时期的铜钱又大又厚，吃得上力，踢得高、毽子也压得住脚。其次是鸡毛，鸡毛有好多种，按照当时我们村里常养的品种，有芦花鸡、茶花鸡、京红鸡、京粉鸡等。大家都喜欢用芦花鸡的毛，这种鸡的毛细长细长的，油滑发亮，踢起来很顺脚。如果要讲究漂亮，那就用锦鸡变种而来的公鸡的毛，红里带黄，看起来既富贵又华美，在阳光的照耀下，如彩虹般绚丽。我看见女孩子们往往把它捧在手里，像捧着一件心爱的宝贝，舍不得踢呀。

踢毽子一般是女孩子的强项，因为她们身体的协调性以及灵活性都比男孩子强。当时，与我一般年纪的女孩子基本都能踢上三四十个，而我，只能踢上十来个。看着毽子在她们身前背后、脚上腿后上下翻飞，看着她们时而转向这边，时而侧向那边，富有节奏地蹦来跳去，别提有多羡慕啊。

一转眼，大半辈子就过去啦。来到城里后，再难觅到毽子了。就是如今的乡下老家，也难找到毽子。

现在，偶尔在单位年中以及年底举办的趣味运动会及新春游园活动中见过两三次踢毽子。"老夫聊发少年狂"，一时技痒，拿过来试着踢了几下，但动作变形，气喘吁吁，狼狈不堪，败下阵来。

唉，在毽子面前，我老了。

打水漂

如果实在无聊，又刚好站在水边，手上什么都没拿，那么就请蹲下身子，捡一块瓦片或者石片，玩打水漂的游戏吧。

"水边"的概念有很多种：池塘边、江边、水库边、河边……当然，水域越宽广越好，水域就是舞台。我的故乡并不缺水，不缺江河湖泊，再加上一点点寂寞，打水漂，更多的时候，成了最便利、最"便宜"、最"自私"的童年游戏。

有了水，只需弯一下腰，捡拾一块瓦片或者石片——当然，适当的薄最好，最好还要有一点微微上翘的幅度——往水里一扔。如果忐忑不安，那瓦片或者石片也是忐忑不安地在水面上砰砰直跳；如果心情烦躁，瓦片或石片就会步伐紊乱；如果绝望与愤怒，那么，瓦片或者石片就倒霉了，它会被掷得好远好远，会脱离投掷者的视线，甚至没溅起一朵水花……

"少年不识愁滋味"，我们小的时候从未想得那么复杂。我们的心像那时的天空一样湛蓝，像那时的水一样清澈。我们手上的瓦片或者石片就像滑翔机，它的目的只是去旅行。如果瓦片或者石片足够好，我的心情会更好，我的手微微调整角度，像飞机驾驶员开始拉起操纵杆……我屏住呼吸，摆开手臂，使上浑身气力，将瓦片或石片投出去，然后直起身，像目送一只振翅飞翔的小鸟飞向它的目的地。目的地即目标打水漂不但要远，还要好看；不但要成绩，还要姿势。

如果瓦片或者石片"漂"得足够远，那就会想着再来一次——快乐重来一次；如果瓦片或石片"漂"得不够远，那……也会想着再来一次，会再挑一块认为更好的瓦片或石片，或者调整一下动作——让上一次的不足，在下一次中得到改善。

如果现场有两个人以上，打水漂就带有比赛意味了。那打水漂就成了卖力气与讲技艺的激烈运动项目了。比谁漂得远还不算，还要比瓦片或者石片在水面上掠过多少次。好的打水漂技术，单看那瓦片或石片，像蜻蜓快速点水，溅起的水花，像一串晶莹剔透的珍珠。珍珠点点，夺人眼球。

的确，看着一块小小的瓦片或者石片，擦着水面，迅速飞出，掠过水面又弹起，弹起又去碰撞水面，在"掠""弹""碰"中往前冲刺，最后极不情愿地落入水中，这个过程越久路程越远就越美，成绩就越好。所以，你说，打水漂仅仅是一项游戏活动吗？它更像是一项艺术运动吧？

　　据说，石器时代的人类就会打水漂。看来，有了石片、有了人类，就有了打水漂，打水漂真是一项古老的游戏活动。后来，随着瓦的发明，一定使打水漂的纪录有了一次大的突破吧？

　　听说，一位叫拉塞尔·贝尔斯的人创造了一项世界记录，他投掷出去的一枚扁平鹅卵石，在湖面上滑行了七十六米，跳跃了五十一下！很想问问这位老兄：你是怎么做到的？

　　打水漂的游戏经过专家们无数次试验总结出：当瓦片或者石片第一次与水面接触成二十度角时，打出的水漂是最美、最远的。小时候，我们才不懂那些呢，也不会去管那么多，我们虽然也在不停地实践、琢磨，但到打水漂时，靠的还是经验与手感。虽然没有准确的科学数据作支撑，但我们一样可以将水漂打得很远，最重要的是，我们在打水漂中收获到了快乐！

　　打水漂的"另类"快乐在冬天。村口池塘里结了一层冰，那样的季节，游戏活动少了不少，我们仍坚持打水漂。我们从冰冻的地上，使劲地抠出一块瓦片或者石片，按着平时打水漂的姿势，朝池塘的冰面上抛掷。瓦片或者石片在冰面上往往比在水面上滑行得更快更远，而且发出悦耳的沙沙声。如果冰不够厚，瓦片或者石片滑行到中途，便会磕破冰层，一头扎进水里；如果冰足够厚，瓦片或者石片便从这头滑向池塘的那头。有时甚至会冲向岸上，潇洒极了！

从"独乐乐"到"众乐乐"，打水漂，可以满足每一个人的需求。打水漂与其他很多游戏一样，先是与自己的心灵娱乐，然后，又可以在人与自然、人与人的和谐相处中，享受到加倍的愉悦。

打陀螺

我去过几次北京，在一些公园曾见到一些六七十岁的老人在玩打陀螺。他们玩的不是一般的陀螺，他们的陀螺足足有碟子那么大。他们打陀螺，也不是一般的架势，而是打着赤膊，挥舞的鞭绳足足有一米多长。他们紧张地围着陀螺走动，瞅准机会，鞭打陀螺，嘴里还"嘿嘿"地喊着。公园里的空气被人及陀螺绞成了一个巨大的漩涡。在附近逛的人，似乎也被那种气流吸附，纷纷赶来，围着大陀螺及赤膊老汉看。老人见有人围观，似乎更来劲了，手中的鞭绳打在陀螺上一下比一下响，陀螺也旋转得更起劲了。人群中不时夹杂着一两声"好"，气氛跟着热烈起来。

有一次是在初冬，天气冷，我在旁站了四五分钟，禁不住手痒，恨不得冲上去，夺过老人手中的鞭绳，也来过把打陀螺的瘾呢！

见识了北京公园里的陀螺，再想想小时候打过的陀螺，那真是"小巫见大巫"。如果是在北京，那时我们打的陀螺，真不敢拿出来与他们一起玩呢。

其实，这也情有可原，看北京公园里大人打的陀螺，外形规整，光滑，一看就是借用锯齿等现代工具制作而成的。而我们那时打的陀螺，则是自己用菜刀一刀一刀砍削而成的，所以，不敢选取太粗大的树木，一是怕砍不断，二是怕削不尖。加上力气不大，削砍出来的陀螺不但小，而且边沿粗糙，造型不规整。这样的陀螺打起来便歪歪扭扭、摇摇晃晃的，像个被人不断拉扯的醉汉。

我那时分外羡慕村里的陈友根、陈年秀，他俩比我大两三岁，力气大，脑子灵，干活棒。我见他俩做陀螺，只有在旁"流口水"的份儿。只见他俩取了一段手臂粗的树木，三下五除二，砍成两到三寸长的一截，噼哩啪啦，用刀将一段削成圆锥形。这还不算，他们还换用小刀，在四周仔细而耐心地刮磨，将高低不平的地方打磨平整，用手摩挲了几遍，觉得手感光滑了才作罢。

接着就是做鞭绳。他们不是到地里去剥新鲜的麻皮，而是去偷水沟里浸泡的，漂洗，去其结节，晾干，编织成绳。这样的鞭绳洁白柔软，有韧性。最后还在鞭绳绳头系一段红布，不但经久耐用，而且潇洒漂亮，握在手中，简直就是一位将赴疆场的英武少帅。

打陀螺是技术活，脑子没有悟性的，没有一两天学不会。首先将鞭绳缠绕在陀螺身上，然后，将陀螺放在地上，左手捏紧陀螺，右手握着鞭杆，接着，右手用力一甩，陀螺在地上飞速旋转起来，趁着这个速度，迅疾挥动鞭绳，不停地抽打陀螺，陀螺就持续旋转起来了。

如果不得要领，把握不了时机，动作不适度，陀螺很快就会"死"在地上，任你怎么抽打，它都像一块木头，只会满地打转。我的一点模糊的经验是：刚开始抽打要快，抽打部位要准，最好是抽打陀螺的中间位置——太低了，会将陀螺抽离地面；太高了，会将陀螺抽歪，站立不稳。当然，地面也非常重要：地面不能凹凸不平——地面凹凸不平，陀螺就走不稳；地面也不能太光滑，幸亏那时没有瓷砖及大理石地面；最好是水泥地，不但平整，而且有摩擦力，是打陀螺的理想地。

小时候，我很笨，学什么都比别的小伙伴学得慢。学打陀螺，也是如此。学了三四天，陀螺就是不听使唤，就是不能持续转动起来，我抽打了三四天，它只能痛得满地打滚。后来，我父亲看不下去了，他对教我的几个小伙伴说：你们跟着受累，我来教他看看吧。

父亲打陀螺的方法很独特，他先不将鞭绳绕在陀螺上，而是双手紧握陀螺下半部，放在地上用力一转，让陀螺急速转起来，然后站起来，握着鞭绳，瞅着陀螺减速了，便不紧不慢地抽打陀螺，陀螺便优雅地加速转动起来了……

父亲说：打陀螺，不要急，不要慌，要让鞭绳吃准抽打的部位……但前提是得让陀螺先转稳起来，陀螺没有转稳，你怎么抽打它都没用，越抽打，它越不听话，而且，很快就"死"。

父亲难得笑了一下，又对我说了一句：做人，不能像陀螺啊，要用鞭子抽打，才会转动起来……

踩高跷

来到南宁，因工作关系，我经常去农村各地转悠，也见识了南方的一些活动及游戏项目。最惊险刺激的，有桂西北地区的上刀山下火海，还有宾阳县的彩架，当地人叫"游彩架"。

采访得知，游彩架于清代同治年间，由广东佛山武举人李若珠迁移到宾阳新宾三联社区外东街的妻家潭氏家时传入。李若珠不怕麻烦，特地从广东带来一套彩架道具，教授当地儿童玩耍。

如今，游彩架正成为当地逢年过节的民俗活动。我曾在当地的节庆上看到，两三个六七岁的孩童，身着戏服，涂脂抹粉，坐在高十几米的彩架上，面不改色，镇定自若地随着彩架车平缓移动。心里真为他们捏把汗呀。

与游彩架有异曲同工之妙的运动，恐怕要数踩高跷了。也是一个个化了装的人，足踩三四尺高的木跷，手执扇子，自由行走，有的还舞来舞去，为节日增添喜庆气氛。清代恩竹樵写过一首叫《咏秧歌》的诗："捷足居然逐队高，步虚应许快联曹。笑他立脚无根据，也在人间走一遭。"诗的题目写的是秧歌，实则写的是踩高跷。

关于踩高跷，民间有一个传说：春秋战国时期的晏子，一次出使邻国，邻国人笑他身材矮小。一气之下，晏子第二天装了一双木腿，"高大威猛"地去见邻国的君臣，弄得对方啼笑皆非。我们没有晏子的智慧，但我们小时候比他调皮。我们村里的这帮小伙伴也不知是谁牵头，不知从哪一年开始，也玩起了踩高跷。

我们的高跷很简单，择两根近两米长的木棍，在下面两尺来高的地方用凿子打两个孔，装上两根四五寸长的短棍。一对高跷就做成了。

做高跷容易，踩高跷难，踩着高跷熟练地走路更难，踩着高跷走台阶更是难乎其难。我个子矮，踩着高跷走路能让自己高大起来——这恐怕是我敢大胆学高跷的最原始动机吧。但学是一回事，学得会学不会是另外一回事。一开始，我将两根长棍紧紧抓在手里，夹在腋下，但双腿刚一踩到下面两根短棍上，人就要摔倒，双脚就要着地。

我不但头脑笨，而且胆小，如此几次，便不敢再踩了。伙伴们却不放弃，有的帮我扶住长棍，有的扶我踩到短棍上去，有的踩着高跷在前面"勾引"我……终于，我双脚踩上去了，我使劲迈开高跷，以保持平衡，不至于摔下来……我成功地走了四步、五步……我继续努力，不停地练习……那个冬天，我在高跷上汗流浃背，步伐越来越熟练，迈得越来越稳健……

待到能熟练踩高跷后，就可以加入到其他伙伴踩高跷队伍中去了。他们一般都比我大两三岁，他们本身就高，在高跷上显得愈加高大。不但高大，而且威武。他们见我还有些怯生生，便嬉笑着以合围之势向我靠拢。我有点手足无措了，脚下也开始有点慌乱了，只有硬着头皮绕开他们，另辟一条路，闯出去。那时是冬天，泥地被霜冻凝结，踩在上面，咔咔作响。我浑身发热，看见陈香根、陈菊根兄弟俩微笑着向我走来，他们的高跷越过一块石头，甚至迈过一条沟坎，引导着我突出包围。我敢加入他们的高跷队伍参加比赛了，尽管我从未取得过前三名的成绩，但我认为，只要没有摔跤，就算成功了。

滚铁环·老鹰捉小鸡

像《哈利·波特》中哈利坐着飞天扫帚飞行一样，童年里，我们滚着铁环奔晒场、越马路、过田埂，真真是"东风放牧出长坡，谁识阿童乐趣多"。滚铁环，带给我们别样畅快的感受。

童年的脚步是杂乱的，但只要身前配上一个铁环，我们立马变得规矩、快速而富有节奏。我们的脚步由铁环指挥，我们的行动以铁环滚动不倒为目的。

要想使铁环不倒，一要立得稳，二要保持一定的运行速度。前者是要尽量走平坦而开阔的地方，后者则需要一定的技艺。

滚铁环最基本的配置是：一根一两尺长的铁钩，做成"U"字形，顶头，推动铁环往前滚动；铁环大小适宜，以六十厘米左右的直径为最常见。刚开始学滚铁环时，以铁钩控制其方向，以一定的速度，推动铁环直走，待慢慢熟练，则可以拐弯，甚至越过不深的小沟。

小小的一个铁环，短短的一个铁钩，看似简单，其实也不是那么容易配齐，或者说不是那么容易配得恰当的。铁钩好找，哪怕短一点，扭弯了，绑在一根小棍子上也行。但铁环则不那么好找了。为此，我们可没少伤神费心。

有一次，我实在没办法，将家里一只水桶的铁箍敲了下来当铁环。第二天，父亲挑着水桶去装水，发现水桶漏水，低头一看，铁箍不见了。父亲知道是谁干的好事，回到家将我说了一顿。但滚铁环不能不玩，我又想出了一个办法：到村头的竹林里去砍竹子，削成片，用火烤软，做成一个"竹环"。但滚的时候，总是把不稳方向，因为"竹环"太轻，在地上跳弹得厉害。

老家最开阔、最平坦的地方，是村头的晒谷场。我们放学回来，一丢书包，顾不上做作业，就推着铁环到晒谷场上去比赛。滚铁环比赛首先要比铁环，这就有点像电影《速度与激情》中的场面，出发之前，要先比车的品牌与配置。一看到现场小伙伴们的铁环既厚重又圆润，还锃亮发光，再看看主人，又是能跑的，我立马就甘拜下风了，往往一个来回就缴械投降了。当然，也有的小伙伴跑得太快，铁钩跟不上铁环，铁环摆脱了铁钩的控制，径直扎进了晒谷场旁的池塘里。

日出日落，我们滚着铁环，将日头从这头推到那头；天寒地冻，我们滚着铁环，从身子冷到身子暖，暖和了又出汗，出汗又冷，冷了又暖和。铁环啊，滚着滚着，我们就长大了。铁环的主人往前滚，滚到实在滚不动了，就倒在童年的角落里，生锈了……

如果没有铁环，如果不会滚铁环，那就玩老鹰捉小鸡。老鹰捉小鸡不需要任何设备，也不需要太高的技艺。只要你四肢健全，再加上一点点灵活机动，就可以玩老鹰捉小鸡。

老鹰捉小鸡也是勇敢者的游戏。几个小伙伴站成一排，大家互相扯住衣服，后面的拉扯住前面的。站在队伍最前面的是"鸡妈妈"，"鸡妈妈"直接面对"老鹰"，不能让"老鹰"叼走自己的孩子。所以，"老鹰"张牙舞爪，凶猛扑过来，"鸡妈妈"左挡右拦，极力保护好自己身后的孩子们。

老鹰捉小鸡的游戏紧张刺激。小时候，我从未做过"鸡妈妈"，因为我矮小柔弱，所以没有能力保护别人。当然，我更没有做过"老鹰"，我没那么凶猛，也没那么贪婪……我只配做只紧随其后、躲在羽翼下、被"鸡妈妈"庇护的"小鸡"。我紧紧抓住前面小伙伴的衣服，跟着队伍左摆右摇、东躲西闪，发出阵阵惊恐的尖叫……但就是做"小鸡"，我也常常很快被"老鹰"捉住，是最先被清除出队伍的那个"弱者"。

被清除出队伍后，我只能在旁看，看"老鹰"扑上去，扯住队伍中的一只只"小鸡"，直至"小鸡"被"老鹰"一只只捉完。我见"鸡妈妈"尽管极力张开双臂保护着她身后的孩子，但孩子们仍一个个地减少。她多么无奈而可怜啊。

我犹记得，游戏中的童年，尝到失败的滋味的次数总是要多些，但奇怪的是，却没有多少挫败感，更多的是短暂沮丧后的痛快。

流光飞作雪，世味煮成茶。童年的游戏，还有丢手绢、碰跳珠、丢沙包、跳房子等。想着这满屏跳动而消隐的游戏，我知道，过去的时光再也找不回来了。游戏，原本就是一场无法回放的蒙太奇电影。一转身的快乐，就只有回忆。说不出的感动，未说出的不舍，统统镌刻在时光的柱子上。

俚语芬芳

一九八八年的某一天，我开始写日记。我生活中的每一缕心情，我周遭世界里的每一抹声音，开始像斑驳繁杂的画面，呈现在每一天的每一张纸上。不知怎的，我现在越来越多地去翻阅它，我惊讶地发现，在记录农村生活的那些日子里，曾经有过几年，我在日记本的上端——"日期"与"天气"的旁边，陆陆续续地，记下了一些听到的乡间俚语，它们琅琅上口，通俗易懂，摇曳芬芳。再细细一品，它们或隐喻，或明喻，或夸张，蕴含无穷的人生智慧和生活哲理。这些俚语与当时的人与事结合，竟是那样贴切，又是那样生动，仿佛就在昨天，仿佛就在眼前，又仿佛就在耳边……

母鸡坐不得轿，坐在轿里会濑尿

我第一次听到这句俚语，是坐在从村里运征购粮到县粮站的拖拉机上。拖拉机上除了用麻袋装着的粮食，还有坐在麻袋上的我和我的母亲。母亲手里还抓着一只篮子，篮子底部铺着一层厚厚的稻草，厚厚的稻草上妥帖地躺着十几个鸡蛋。那只篮子抓在母亲手里，稳如泰山，而我，从坐到拖拉机上听到拖拉机发动的那一刻起，身子就连同心脏一起在颤抖。拖拉机摇摇晃晃地开动了，我的身子也跟着摇摇晃晃起来。有几次，我害怕堆得像小山似的麻袋会滑下去，而坐在麻袋上的我，随时也会随着麻袋滑下去。我想抓住点什么，但麻袋平滑圆实，没有可抓的地方，我的双手在麻袋上紧张无措地摩挲着。耳边是凉得令人发寒的风，我想喊，却不知该喊什么。我的屁股在麻袋上滑动着，心在拼命往麻袋上攥。我不敢看前方，也不敢看后方，更不敢往下看。我只能看母亲，母亲是我最安全的所在，是一个少年最可依附的人。我想哭出声来，我不敢对母亲说"后悔了"，真的，此时我真的真的后悔死了。但是，这是我梦寐以求的啊，这是我错失了无数次机会后争取到的呀！拖拉机司机每跑一趟县城，都会在村里粮仓前的马路边赶下一大群少年儿童，还有妇女，他们都是想搭顺风车去县城的。

我与母亲在被赶了多年之后，才被作为司机的堂叔允许上车去县城。那里我少年时的幻想啊，我终于实现了。可现在……我的心脆弱得还不及母亲手中篮子里的鸡蛋。我终于哭出了声来，我的双腿像哭声一样打颤。我一边哭，一边喊："呜——我要下去！呜——我要下去！"母亲起初看着我边哭边喊，没当回事，甚至脸上还挂着微笑。但当她看到我站起我身子，惊慌地低下头往马路上看时，她的表情也惊慌了起来，她抓住我的一只手，但她发现，她根本没法控制住我，于是，她也喊了起来："停车！停车！"她的声音远远大过我的声音。堂叔终于听见了，把车停了下来。我像一只猴子，马上顺着光滑圆实的麻袋溜下车去。好在拖拉机只开了五六分钟，在邻村的卢家停下了，我跳到马路上，惊魂未定，喘着粗气，看着拖拉机喷着黑烟，再次发动，继续前行。

下午，母亲从县城回来，看见我，笑着说："真是母鸡坐不得轿，坐在轿里会濑尿呢。"我听了，不好意思地笑了。

后来，母亲将这句话拿来自嘲，又拿来说别人。一九九八年，母亲来南宁，要从村里到樟树市坐火车。我特地包了一辆出租车，那是母亲第一次坐出租车，她刚开始还兴味盎然、信心满满，但还没出县城，她就稀里哗啦地吐了起来。那趟行程，本来两个小时，走走停停，硬是花了将近三个小时。到了樟树火车站，母亲捂着空空的肚子，一脸痛苦状，说："真是母鸡坐不得轿，坐在轿里会濑尿。"

在城里生活了两三年后，母亲已适应了坐各种各样的车，她再也不会晕车了。一次，我们全家去桂林"乐满地"玩，大巴车开到桂林市兴安县城，妻子与儿子受不了，双双晕车呕吐。坐在中间的我，只能左手拿一只薄膜袋，右手拿一只薄膜袋替他们装着呕吐物，忙得不可开交。我看见坐在前排的母亲扭过头，用家乡的土话说："母鸡坐不得轿，坐到轿里会濑尿。"所幸妻儿听不懂，假如他们听懂了，不知会作何想？呵呵。

鱼吃跳，猪吃叫

舍陂村里有十几口池塘，池塘里养着鱼。池塘分到每家每户。春节前几天，家家户户都要抽干池塘里的水，抓鱼过年。那时，家里还不富裕，鱼抓上来后，舍不得吃，第二天拿到县城街上去卖。父亲从水盆里捞出鲤鱼、鲢鱼和草鱼、鲫鱼等，转移到水桶里去，他一边捞，一边不停地念叨："鱼吃跳，猪吃叫，按理说，这个时候杀活鱼红烧是最鲜活好吃的了！"但说归说，父亲到底连只鲫鱼都舍不得吃，全拿到街上去卖了换钱置办其他过年物品了。

那时，家里一年到头，除了卖稻谷，另一个最大笔的收入来源，恐怕就是养猪了。猪一般养一年，到两百多斤重时，便要出栏、宰杀。猪杀了，也就是在当天才能吃上一餐新鲜的猪肉。母亲小心地割下几两还冒着热气的猪肉，加上一大把大蒜，炒上一盘，说："鱼吃跳，猪吃叫，一年到头，也就这顿新鲜肉最好吃了！"

后来，生活好了很多，家庭收入多了不少，鱼肉与猪肉不都拿去卖，能留一些自己吃了，但也不是当天吃完。鱼抓了，杀了切成块，用盐加辣椒粉，放在坛子里，将其腌制起来，做成霉鱼，慢慢吃，很多人家能吃到清明后。特别是到了忙碌的春耕，没时间做菜，便用小碟子盛上几块，放在饭上蒸，不但节省时间，还极好送饭。猪肉就更不用说了，杀了猪，留下三分之一，特别是留下猪头、猪脚、猪肝和猪肚，拌上盐，腌制起来，日出之时，家家户户将其挂在墙上晒，要晒将近一个月，充分晒干后，就是腊肉，放进坛子里，慢慢享用。猪小肠洗干净后，吹气、充大、晾干，填进猪肉，做成香肠，也要放在太阳底下晒干。待过完年，你吃我家的、我吃你家的大鱼大肉的日子过完后，这些余下的腊肉和香肠，就可以时不时拿出来打牙祭了。

霉鱼、腊肉与香肠等是家乡人特别钟情的菜，其咸、辣、香的滋味，至今仍让我回忆起来仍觉口齿留香。如今，生活水平更高了，家家户户不愁吃了。虽然乡亲们都明白新鲜的菜好吃，但却舍不得那些腌制的肉食。我总是在电话里叮嘱回乡生活的母亲："平时没事就去县城街上买活鱼和新鲜猪肉吃。"我还告诉母亲："腌制的肉食吃多了不大好。"母亲总是不等我说完就抢先说："我晓得，我晓得，鱼吃跳，猪吃叫嘛。以前没那个条件，现在有几个钱了，但是，谁又有时间天天跑县城呢？"好在，听母亲说，现在隔一两天就有别村的人拉新鲜猪肉到村里来卖，她经常能吃到新鲜的猪肉。而且，逢年过节，她上街也会时不时买一两条活鱼回家，现杀现煮了吃。

如今，我做菜时，看着买回来的新鲜肉或刚杀好的鱼，看到上面的血，我会觉得很新鲜，仿佛能看到它们活蹦乱跳的样子呢，所谓"鱼吃跳，猪吃叫"，多好！

一物降一物，卤水点豆腐

以前在村里，最难忘的事之一，是冬天与父母一起做豆腐。临近春节，窗外冰天雪地，却要起个大早。母亲从侧房端出前天夜里放在冷水中浸泡的黄豆。石磨已被父亲清洗了，母亲叫上我，与她一起推磨磨黄豆。母亲左手推磨，右手用勺子一勺勺舀起黄豆，往石磨上的小洞口放。一次黄豆磨下来，要一个多钟头，脚早已冻得毫无知觉。这还不算，黄豆磨完了，母亲还要我做卤水。我跺跺僵硬的脚，连动都不想动。父亲将盛了水的盆轻轻放在桌上，看了我两眼，想说什么，但终究什么也没说。母亲快步走进厨房，从碗柜的抽屉里摸出一块砖头大小的石膏，又拎出一块青砖，放进盆里，对我说："赶快磨啊，等一下点卤水要用。"

我极不情愿地走到桌子边，拿起石膏在青砖上磨了起来。父亲探过头，轻声对我说："要沾上点水磨，让石膏粉随着水冲下去……"我斜了父亲一眼，毫不理会。父亲在我身边站了三四秒钟，轻轻摇了摇头，转身去了厨房，去与母亲一起滤豆汁。豆汁滤在锅里，豆渣倒出来。接着，就要将豆汁烧开成豆浆。父亲与母亲交换烧火，准备压豆腐花的工具。父亲经过我身边，又探过头，看了一下水盆，轻声说："不要使那么大的劲，要轻轻的、慢慢地磨，这样磨出来的石膏粉才细嫩，不然，卤水太老了，点出来的豆腐也老，太老的豆腐炸油果时吃油多……"我白了父亲一眼，没理会他的话。父亲叹了一口气，离开了。

冰冷的水裹挟着石膏，溅湿了我的手，我的手指冷得伸不直了。我的动作愈加不耐烦了、愈加快了，父亲站在我身旁，一直看着我。我仿佛找到了报复的目标，我的动作越来越快，石膏在青砖上摩擦的力度与速度更重、更快，甚至有点凶狠了。我看见水盆中的冷水溅到了我脸上，我斜眼看了父亲一眼。父亲再次摇了摇头，说"反正你不会听我的话……"就走开了。

记不清过了多久，母亲在厨房里喊："卤水够了没有？豆汁烧开了，要点卤水了！"母亲话音刚落，身子就走到了大厅。她走过来，直接将水盆侧了一下，说："可以了，可以了，够了，够了！"说完，她急急地从我的手下抽走青砖，夺走石膏，往桌上一丢，端起水盆跑进了厨房。我急急地跟了去，母亲看着我，说："拿勺子来！拿勺子来装卤水！"我忙转动身子，四处寻找。我看见了勺子，操起它，向母亲递去。母亲抢过我手中的勺子，将卤水小心地倒进勺子，朝热气腾腾的、盛着豆浆的木桶走去。她俯下身子，吹开雾气，一只手执着小锅铲，一只手执着勺子，慢慢地将卤水倒到豆浆中。她一边倒卤水，一边用小锅铲轻轻地拨动豆浆，不到十几秒钟，豆浆里有小朵的"雪花"慢慢升腾上来。仔细一看，是豆腐花。

母亲手中的勺子空了，她的眼睛不看旁边，仍看着豆浆，却将勺子一伸，说："再盛卤水来。"父亲正欲走过来接勺子，我抢先一步走上前，拿过母亲递过来的勺子去盛卤水。如此几次，我忙得团团转。父亲只好在旁看着。后来，他干脆用围巾擦干双手，双手抱在胸前看着我。他一边看着我，一边笑着说："老辈人说得真的一点没错，一物降一物，卤水点豆腐，也只有你妈能使唤动你。"我听了，没吱声。

的确，我从小就很怕母亲，而对父亲的话，却当成耳旁风。现在想来，敬爱的父亲呀，我后悔了，我后悔很多时候没有听您的话，我很想听一次您的话，可是，您却不在了……

问客杀鸡

记得有一次，姑父的儿媳妇来我家做客，她是当年刚嫁到姑父家，第一次来我家，用我们家乡的话说，算是"贵客"。当时，母亲去菜园了，只有父亲与我在家。父亲手忙脚乱要给贵客做饭。父亲一会儿跑进卧室瞅床底下有没有鸡蛋，一会儿跑回厨房跳起来看挂在头顶的篮子里有没有腊肉，嘴里还不停地问对方："你喜欢吃鸡蛋吗？""你喜欢吃腊肉吗？"父亲手忙脚乱了好一会儿，却什么也没找到。幸亏母亲及时从菜园回来了，她听到父亲问客人喜不喜欢吃这个，喜不喜欢吃那个，就责备父亲说："你怎么能问客杀鸡呢？"说完，她煎鸡蛋，蒸腊肉，还杀了一只小土鸡，热情地招待了客人。

按人情世故，如果"问客杀鸡"，绝大多数客人会拒绝。你想想，如果主人问："你吃鸡吗？如果吃，我杀一只鸡给你吃。"作为客人，你会说"吃吃吃"吗？除非你们之间十分熟稔，不必说客套话。如果真是这样，就不是什么"客"了。所以，要表达一个人的真心真意，最好的办法，就是"先斩后奏"，或者二话不说，杀鸡宰羊，端上桌面了再说。而那种"问客杀鸡"的人要么是不谙世事，要么是傻瓜，再要么是舍不得、小气而又不承认。

我有一江西老乡，到南宁做生意，他很热情，逢年过节，喜欢邀一两个老乡到他家做客。每每我们到他家，他便提出从老家带来的水酒，还对我们说："你们去厨房帮帮我老婆，冰箱里什么菜都有，喜欢什么就拿出来，给我老婆做！"你还别说，还真有不客气的老乡，跑进厨房，从冰箱里抓出四个鸡蛋，说喜欢吃芙蓉蛋，"给蒸一碗吧"。他的爱人恰恰最会"勤俭持家"，她口头答应着，却趁那老乡没留意，偷偷地放回两个鸡蛋，那碗芙蓉蛋蒸出来，水多蛋少，晃晃荡荡，晃得我心里发笑。见到那个细节后，我心里就有数了，虽然自诩会做两个菜，而且也很想吃某道菜，但断不敢在他家提出来，更不会去开冰箱自取。

后来我想，在别人家，就"客随主便"，有啥吃啥吧。

得了金子碗，别忘叫街时

在我的日记里，还记下了乡亲们另外几句与此意思相近的俚语，比如"饱了不要忘饥，稠了不要忘稀""房怕不稳，人怕忘本"等等。我小时候，大家普遍收入不高，一天难得吃上三餐米饭，经常是米饭、芋头、红薯放在一起焖。去锅里盛东西时，总会被表面那层白白的米饭迷惑，锅铲铲下去，却是芋头与红薯。

如果在冬天农闲时，米饭、芋头和红薯都少，多的是水，母亲做成了粥，每天吃两餐。父亲也同意，他带头执行，说冬天光坐在家里烤火，不干活，消耗得少，所以，理所应当吃得少。但奇怪的是，越是这样，肚子越是饿，越是想吃。那时，觉得芋头又软又香，红薯又甜又香，米饭……更是不用说啦。

后来，生活水平提高了，不再将芋头、红薯当主食了，能吃上百分之百的大米饭了，而且，时不时有肉吃。再后来，到城市工作了，我将母亲接到城里。一天，下班回家，赫然见饭桌上有一碗红薯。红薯是蒸的，粗粗长长，泛着暗红色的光泽。母亲说："好几年没有吃过红薯了，还蛮想吃的。"

我犹豫地抓起了一只，嚼在嘴里，却没了小时候又甜又香的记忆了。我为难地看着母亲吃得津津有味的样子，只好硬着头皮咬了起来。母亲见状，笑着说："得了金子碗，别忘叫街时。"我听后认真想想：是啊，我曾虽然没穷到拿饭碗上街讨饭吃的地步，却也是从苦日子走过来的。这样想着想着，我盯着那碗红薯，一时怔住了……

荷叶包菱角，终究藏不住

从二十世纪八十年代末始，我生活的村里就有不少人家种反季节经济作物了，比如种蘑菇，比如栽种大面积的辣椒。一天早上，我见村里一个妇女站在马路边她家的辣椒地旁边骂。细细一听，原来，前一天晚上有人到她辣椒地里偷辣椒。她骂小偷缺德，越骂越激动，越骂越具体，显然，她好像知道是谁偷了她家辣椒。

有路过的村里人嘀嘀咕咕地跟着议论起来。有人听出她是在骂谁了，别过脸去偷偷地笑。那位妇女的老公开腔了："荷叶包菱角，终究藏不住。"接着，他说前一天晚上四点多钟，有人赶早去县城卖东西经过这里时，看见谁谁谁在他的辣椒地里，但他只是咬牙切齿说说而已，却不敢说出那个人的名字来。

这事过了不到一个月，又有一件与"那个人"有关的事情在村里流传开来。说"那个人"有一天在县城菜市场"顺手牵羊"，偷了人家肉案上的一块肉，被抓了个现行，正关在派出所呢。还有一句话说得好："世上没有不透风的墙。"那个被偷辣椒的妇女的老公又意味深长地重复了一句"荷叶包菱角，终究藏不住"，意思是狗改不了吃屎，做惯了小偷，总会露出馅来。用村里人经常说的另外一句俚语，就是"狐狸尾巴藏不住"，意思是一样的。

荷叶的确是一种很脆弱的叶子，小时候，看见大人在田里或沟里抓到鲫鱼或泥鳅什么的，他们就从池塘里折几朵大荷叶，用来包它们。荷叶并不保险，他们需要用手小心地托着，怕荷叶烂了，鲫鱼与泥鳅掉了。城里人做"荷香鸡"，也是用两三层的荷叶小心地将鸡包着，放在蒸笼里蒸，熟后拆开荷叶，荷叶味渗透进鸡里，格外清香。

江浙、两湖地区，江河湖塘里，生长着红菱。红菱的枝蔓与叶子缠缠绕绕，浮于水面。小时候我们很聪明，在绳的一端绑一块石头，将石头往池塘里丢，然后将绳拉上来，一大堆的菱枝蔓与叶子便被拖上岸了。

菱枝蔓与叶子被拖上岸后，我们扒开那些枝蔓与叶子，寻找菱角。菱角以三角形居多，很锐利、扎手，手指会被刺出血来，更别说将菱角包在荷叶里了。

人在做，天在看，"荷叶包菱角，终究藏不住"。还有一句俚语"纸终究包不住火"说得好，是的，你的丑行总有一天会大白于天下。

痒要自己抓，好要别人夸

很多人有"两怕"，一是怕痒，二是怕牙痛。痒不是那种别人逗挠的痒，而是身上无缘无故生发的痒。这种痒很多是在看不见、抓不到的地方。小时候不讲卫生，身上总有一些奇奇怪怪的痒。这些痒大多在背后，急得直哭，只能跑到母亲面前，叫她帮我挠。母亲放下手中的活，一边问我哪里痒，一边按我指示的部位挠。但奇怪的是，不知是不是我提示得不准确，还是母亲不领会我的提示，她总是挠不对地方。母亲一边挠，一边问我："是不是这里？是不是这里？还痒吗？还痒吗？"而我，总是一个劲地喊："不是那里，不是那里，痒啊，痒啊！"气得母亲干脆放弃了，说一句"你自己抓吧！"便不理我了。我只好蹭着墙角搔痒了。

所以，"痒要自己抓"的道理，我很小就深有体会了。上学之后，在语文课上，学到了一句歇后语，叫"王婆卖瓜——自卖自夸"。老师说这句歇后语含贬义，形容一个人不谦虚。后来，学到一个成语，叫"自吹自擂"，老师说它也是贬义词，也是形容一个人不谦虚。参加工作后，难免要写一些自检材料，于是，"王婆卖瓜——自卖自夸""自吹自擂"就像悬在头上的两柄剑，生怕它们会随时落下来。所以，总是认真在自己身上找缺点，诚心诚意求别人批评，以便发现问题，及时改正。

　　小时候，我说我语文成绩好，父母硬是不相信，他们跑到我语文老师家里去问，得到他的肯定回答后，他俩虽然很高兴，但当着我的面还是一脸严肃地说："痒要自己抓，好要别人夸，懂不懂?"我连忙点头，一副似懂非懂的样子。

　　当然，现在的人抓痒有了很多辅助工具，但归根结底，还得自己抓，要亲历亲为。而"自我吹嘘"的毛病很多人却仍然改不了。

打人不打脸，说话不揭短

　　这句俚语被我记录在一九八九年四月二日的日记里。我在当天的日记里，还记录了村里一对夫妻的吵架过程。这对夫妻因为菜园里一畦菜地该栽茄子还是该栽辣椒吵了起来。丈夫说辣椒在另外一块菜地已经栽了不少，够了，不必再栽辣椒。而妻子则认为辣椒栽得不够多，将来做霉鱼、豆腐乳都需要辣椒，如果实在多，可以做辣椒酱。丈夫不肯栽辣椒，要栽茄子；妻子不肯栽茄子，非要栽辣椒。两人从菜园争到家门口，仍然争执不下。

他们争着争着，话题跑偏了，偏离了辣椒与茄子，慢慢地夹杂着一两句骂人的话语。再接着，演变成了数落。数落跨越了眼前，穿越了时光，回忆了过往，过往不堪忍受，过往不堪回首，过往尽是彼此的毛病、缺点，于是，彼此将过往的种种和盘托出，越说越难听，越说越激动，越说越伤心。妻子一边哭着，一边恶毒地骂着。丈夫听了，忍无可忍，向妻子扬起了巴掌……

说时迟，那时快，在旁的伯母冲上去，一把推开了男方，说："你们都少说两句行不行？尽数过去那些芝麻大的小事有什么意思？"女方不但不听劝，反而骂得更起劲了："你说这些年做对了什么事？你这样没有本事的男人，宁肯钻到厕所里去吃屎！"女方话音刚落，男方一个巴掌结结实实扇在女方脸上。伯母再一次将男方推开，她先是骂男方："打人不打脸啊！何况她是女人，不能打女人！"接着，她扭头对女方说："说话不揭短，你们再这样，我们旁人没法劝啊。"女方哭得更凶了。

小时候，在村里经常见到这样的吵架场面，双方往往因为一件很小的事发生争执，慢慢演变成了争吵，然后"升级"为谩骂。吵架最怕对事又对人，最怕就此事论他事，越扯越大，越骂越多，小事化大，最后大打出手，甚至闹出人命的都有。

其实，作为一个人，不管他今天多么光彩夺目，不管他今天多么成功荣耀，不管他今天多么完美无缺，总有黯淡的、失败的、不足的过往，如果这些过往被揭示，并且大张旗鼓地张扬，恰似往人家的伤口上撒盐，人家不恼羞成怒才怪呢！

做了就有恰（吃），不做嘴挂壁

先解释一下这句俚语的字面意思。在我们江西老家，把"吃"念成"qià"，吃饭，往往说成"恰饭"。这句俚语的意思很通俗：如果勤奋干活，总能养活一张嘴，如果游手好闲不做事，那你的嘴只能挂在墙壁上，任它风干枯死，无法养活了。

这是母亲从小到大对我经常念叨的一句俚语。特别是实行生产承包经营责任制的那一年，从来没去田里干过农活的我，要跟着父母出去做农活了，插秧、割水稻……样样都要干，这让以前只会读书当"秀才"的我痛苦万分。母亲可不管我想当什么作家，一到农忙时，一定要我与他们一起下田干农活。

那时的我才十来岁，记得有一年春插季节，遇上"倒春寒"天气，前一天还是二十多度的艳阳天，第二天便雪花飘飘。我赤脚立在田里被冻哭了，母亲对我嘀咕着："做了就有恰（吃），不做嘴挂壁。"嘀咕完，她摇着头，赶我回家，怕我真冻坏了。

后来，我仔细一想，母亲念叨的这句话也不一定对。在这之前，我总见父母一天到晚、起早贪黑地在外面忙碌，可收入却低得可怜，经常吃不饱饭。

再后来，我相信母亲的这句话是正确的，因为它蕴含着"一分耕耘一分收获"的朴素真理。即"幸福是奋斗出来的"，我们唯有"撸起袖子加油干"，才能创造出美好的未来……

唐代诗人刘禹锡在《插田歌》里说："但闻怨响音，不辨俚语词。"我估计他是沉入乡间有感而发的吧？在农村生活的那些年，从记事开始，特别是从记日记开始，我几乎每天都能从乡亲们的口里搜寻到接地气、有温度的俚语。这些俚语散发出泥土与鲜花的芬芳之气，使我在辛苦劳累之余，觉得生活没那么枯燥乏味。

还有数不清的俚语，如"走得路多，晓得事多""油多炒坏菜""救人要救个活，送佛要送上天""不经冬寒，不知春暖""不做贼心不惊，不吃鱼嘴不腥""木要成材，要人成群"……俚语道来岁月长，若知其中事，去问乡下人。这些俚语，足以使人的目光更直接、更深邃、更高远。甚至有些俚语如甩鞭，时时在我的头顶呼呼作响。

祖祖辈辈留下来的那些俚语，是时光的划痕，永远镌刻在我成长的记忆里。现在，我远离了乡村，也远离了那些俚语，被现代化迷雾麻木了自己的思维，但我时时告诫自己：艺术创作要像乡间的俚语一样，要形象生动、通俗易懂，要讲人话、贴人心、有人情，要接地气、有温度、有道理……

妙手生花

我想象着，在南瓜花的时间里，开出一朵朵黄色的喇叭。喇叭被时间浸泡着，慢慢地，长成果实。记忆将果实切开，从里面蹦出形形色色的人来。南瓜伏在村口的墙跟，与我一起数着他们，一个个走进村子里，有做衣物的裁缝，有造家具的木匠，有建房子的泥水匠，还有篾匠、铁匠、剃头匠，当然还有油漆匠、补锅匠和弹棉花的……他们一律被当时的人们称为"手艺人"。当时的"手艺"，简直就是"饭碗"的代名词。而如今的人们，则时髦地称他们为"工匠"，工匠精神也被时人奉为最富时代感的褒义词。

时光如书页般翻动，泛着微黄的底色，在秋日里浮现。每一个身影，每一个动作，在我的记忆中烙上了一圈光晕。光晕下的图像，总是那么生动地存活着。关于手艺人，以及在手艺人影响下的生活，互为映照，互为烘托，一幕幕，一桩桩，串联出生活的质感，令人久久地回味。

俗话说：天旱三年饿不死手艺人。记得小时候，农村人对手艺人保持着足够而持久的羡慕与敬畏。手艺人在人群中是最体面的那一个。村里人如果要为自己的孩子找个光明的前景，就送他去学一门手艺。父母为自己的女儿找个好男人时也是说：对方有一门手艺呢！我作为男孩，曾经躲在被窝里私自暗想：像我这等手无缚鸡之力、身无所长之人，如果能找到一个女手艺人做老婆那就再好不过啦。但车水马龙，人来人往，手艺人中的女性真是凤毛麟角呢。

裁　缝

小时候，在老家，裁缝都是女的。在我看来，她们都是世界上最高雅、最手巧的女子，让我有点不敢靠近。就连被母亲推到她们面前量体裁衣，也是半推半就似的挪着碎步，都不敢正眼看她们。

小时候，母亲在历经了两三个年之后，终于在某一个年底说出了那句"请裁缝来做几件衣裳吧"。日子一下就崭新了起来，太阳格外灿烂。母亲似乎从来不问我要什么款式、什么颜色，也不问我想做几件、想做几套。那时候，还有的选择吗？关于布料，我更加一无所知。大人口中得意相传的"的确良"，我也是在上了初中后，偶尔在读到的课外书中见识了这三个字，它们也成了那个年代披在我身上最尊贵的东西。那的确良的确凉啊，像某种动物的皮肤摩擦着我的皮肤。初穿时，身上老是想起鸡皮疙瘩，适应起来花了几个礼拜。而且，的确良不好擦汗，似乎不怎么吸水，于是，就怀念之前的粗布褂子。母亲从我不自在地扭动的身子上看出了我的心情，她问：做小了？完了拎拎双肩，扯扯下摆，说：不小哇，大小长短合适。我也连忙摇头，生怕亵渎了裁缝的手艺。母亲嗔了我一眼，又说：母鸡做不得轿，坐在轿上会濑尿。意思是：我不习惯穿这种高级布料。的确如此啊！

记忆中，母亲请一位裁缝到家来做衣服是一件很庄重、很慎重的事情。谁的手艺好，请哪位来，什么时候请……她提前三四个月念叨，都还没做好决定。其实，周围几个村庄，会量体裁衣的也就四五个，母亲郑重其事的结果是无所选择，只得在来村里的裁缝身后排队等候。当缝纫机前一晚搬到我家来后，当夜，母亲就用两条长凳架起了两块木板，放在最靠近大门的地方，标榜着她家正发生大事、好事、喜事。

第二天早上，她迎来裁缝，便从卧室的衣柜里捧出一手新布来。裁缝将皮尺搭在肩上，一边翻着一叠叠新布，一边认真地听母亲说哪块布做谁的衣服，哪块布做谁的裤子。听完有底了，量好每个人的身材，便一笔一画地在布上画线，一刀一剪地裁剪。然后，就听见缝纫机嗡嗡地响起来。

熨斗在淡淡的水雾中游走，日子也在艰难中前行。吃饭穿衣是多么重要啊，所以，这乡村的裁缝自然是手艺人中最重要的匠人之一。她衣着讲究、知书达礼，用赤橙黄绿青蓝紫的布料，为他人装点门面，自然也最能赢得尊重，甚至可以说是地位尊贵呢。

木 匠

现在，不管隔多久回一次老家，一旦踏入门槛，首先映入眼帘的，就是大厅中央那张灰黑的饭桌。奔波在外几十年，最想坐在老屋里，彻彻底底地放下繁杂事务，寻味最初的人生感受。于是，本能地拉过一张小板凳，放在饭桌边，妥帖地将屁股放在板凳上，头枕臂，舒服地扑在饭桌上。

侧起耳朵，仿佛有木头跑出来，长长短短的、大大小小的、方方圆圆的、松树的杉树的樟木的……无一例外，都"沦落"到工匠的手中。刀劈斧削，凿子深掘，刨子飞奔，利锯穿梭……最熟悉的，最难忘的，还是师傅训徒弟的声音，仿佛还在耳畔。

如今，那些声音渐渐稀疏。只是，村里的陈梅根老了，跟了他几年的学徒陈检根仍在村支书的位置上操劳；只是，我表哥邓友根早已丢下了那一手精湛的手艺，而全部交由"隆隆"的切割机和拼接胶合板了。就在我写下这篇文章的前一个星期，那位执了一辈子斧头的我的姑父杨明亮也已经去世了。我与他，以及他的徒弟——他的儿子杨永安已经有十几年没有见面。

木匠这门手艺里，斧头是把比墨斗与墨线还严格的"标尺"。如果是徒弟，斧柄不能完全铆进斧眼里，要预留一寸。记忆中，来我家做木匠的，一般都是两个人，一位师傅、一位徒弟。徒弟刨子推不平、拉锯跑了线、砍削过了头，便常常招来师傅的提醒。我还听见不留情面的批评，甚至看见父亲扬起斧头假装要砍儿子、哥哥抢起尺子要打弟弟的头，想着自己将来可能会做人家徒弟的遭遇，吓得在旁心惊肉跳。

　　据说木匠当学徒三年，学会了使用各种工具，学会了家常木器的制作，便可出师。只可惜，陈检根、杨永安跟了师傅几年后均没有坚持下去。表哥邓友根出师后倒是很受欢迎，被到处请去做工。母亲很得意，说自己家里出了一位远近闻名、心灵手巧的工匠。从此，我家里大大小小的家具都叫表哥来做。有时，母亲暗自嘀咕：想不到他没读几年书，小学没毕业，做木匠手艺那么好！停了两三秒钟，她接着补充：他做的那几样东西实在好，有样子，又结实……

　　记得有一年冬天，表哥邓友根在我家做木匠，屋外大雪纷飞，我拿着两根刚踩断的高跷回到家。母亲接过那两根棍子正要往灶火里丢，表哥见了，马上说：不要烧了，可以做两个小凳子的腿呢！表哥接过断了的那两根棍子，量了量，削了削，刨了刨，不到十分钟就将两根棍子装在了小凳子的下方，两根棍子成了两条支撑有力的腿啦。

铁　匠

　　一般在冬季农闲的时候，还没走进村里的祠堂，便能听到榔头在铁板上急促而有节奏的敲打声——它们夹着热气及火星汇入冬天的寒风，借此表明那些昔日握在农人手里或压在农人肩上的铁制农具趁着休息的当儿又要锤炼自己，以便在开春之时再开赴"战场"。

在来村里的所有手艺人中，也许数铁匠最辛苦，也是最讲火候的。风箱拉起，炭火燃得呼呼作响，火炉上，铁匠师傅将烧得红彤彤的铁夹到铁架上锤打，再冷的天气，也是满头大汗，再洁净的环境，也是全身屑灰。一件农具，吃到土地里很简单，但用得是否得心应手，农人们最清楚、最有体会，这其中的原因又与铁匠师傅的手艺休戚相关。

打造一件农具，包括选料、烧火、锤打、成型、淬火、打磨、制作等十几道工序，我们这些毛孩子在旁看着热闹，却看不出其中的奥秘。长大了才知，比如烧火，火太大，会把铁板烧穿；火太小了，铁片又打不开。比如淬火，也是打铁中的精华部分，只有经过特殊的淬火工艺，菜刀、锄头才会锋利，而且经用。但这些似乎还不够，我时常听到父母埋怨锄头或镰刀不好用，说，偷工减料，钢放少了。

打铁需在开阔的地方，断不能在哪家哪户，以免火星四溅殃及四周；又不能在户外，怕风吹雨淋影响炭火燃烧。所以，村里的祠堂是理想之所。祠堂不但开阔，可容纳七八百人，屋顶也高，任由火星四溅、自由驰骋，而且有天井，天井直接对接着天空与雨水，天井四角均有水缸接水侍候，如恰逢雨季，还不用去井里打水，水缸蓄水即可做淬火之用。

打铁光有师徒二人太孤独，光有叮当之声太寂寥。得有穿梭之人，拿各种铁具进来，生意方能兴隆，还有来取打好的农具之人，财才能滚滚而来。偏偏不管来送的还是来取的，都不肯轻易走。于是，人越围越多，闲话也越扯越多。打铁的人锤子落得也似乎更快更重更猛。

我们这些小屁孩也爱凑打铁的热闹，因为那里有炭火啊，熊熊燃烧啊，散着热啊。屋外冷，这里多暖和啊。虽然大人的话不能全听懂，但打铁人的"表演"能吸引我们的目光。有的调皮鬼还会趁着风箱没人拉时，上去乱扯两下，让打铁人抢着铁锤追了两步吓唬吓唬他。

现在，已几十年没见打铁的啦。如果这会儿眼前有位铁匠，我不再会像少时那般激动，我一定只盯着铁墩上的那块铁，只看它如何被敲打，被翻面，又被敲打。我安静地悟着，像入定的老僧……

篾　匠

和大家一样，时间再久，总还记得一些人。比如来我们村做事的篾匠——陈贵生和邓师傅。其实，来我们村的篾匠都是固定的那一拨人。可能有五六个人，但我就只记得他俩。为什么呢？有点说不清楚，又非无缘无故，主要是因为这两位篾匠师傅有故事。

陈贵生先是有性格，讲话有意思，每讲一句话都好笑，都有意思。后来，我才晓得，这是有幽默感。有幽默感的人大多都长得慈祥，陈贵生也不例外。印象中，他不高，一米五几的个头，身材胖乎乎的，头圆圆的，有点像年画上捧着桃子的老头。他从不恼，脸上总是带着笑的。哪怕再冷的天，手上拿着再冷的篾片或竹子，他都好像拿着奖状，脸上都是笑。有时我们搞恶作剧，去抽他手上的篾片或竹子，他也是笑着扬起手中的篾刀，夸张地跺两下脚，吓吓我们。村里人不管有没有看见他，不管他在不在我们村做事，大家一提到他，就会温暖地笑。

陈贵生带几个篾匠来我们村做事。还是生产队时，篾匠来做事，村里人轮流管饭。篾匠们手下忙活之余，议论哪家的饭菜味道好。于是，霉鱼的故事便成了经典。有一次，轮到村里陈福根家里请饭，陈贵生见桌上一盘方块状、涂满鲜红辣椒粉的菜，大喜过望，连忙招呼其他同伴说：来来来，大家吃一块霉鱼。说完，他带头抢先夹了一大块，迫不及待地放在嘴里咬了一大口，感觉是豆腐乳。他用舌头舔了两下——没错，是豆腐乳。他见其他同伴尴尬的样子，自己也苦笑了一下。从此，舍陂村陈福根家装一盘豆腐乳招待客人的传说，便在方圆四五个村庄家喻户晓了。后来，陈贵生会一边忙着手上的活，一边对在旁观看的其他村人半开玩笑半认真地说：哪天你家轮饭千万不要将豆腐乳端上席啊，我们虽然是县郊人，没见过什么大世面，但豆腐乳与霉鱼总归还是分得清的。听得旁人哈哈大笑一番。

邓师傅做徒弟时是跟陈贵生学手艺。本来我不晓得他姓邓，只知道他从学徒到出师，每天都跟着陈贵生。他长得比陈贵生高大得多，陈贵生支不起的竹子，在邓师傅的手里像拾一根晒衣服的竹竿一样简单。后来，有一年，一个来自家乡的、叫邓爱明的医药代表请我在南宁吃饭，为了表示我们之间之前有过"联系"，他抬出他父亲来，说：我父亲是篾匠，他年轻的时候年年去你们村做篾，他还说认得你父亲，说你父亲当时是生产队副队长。我父亲至今还叫得出你父亲的名字，说与你父亲结为老庚呢。我说：你父亲是哪个？邓爱明说：最高的那个。我眼前马上浮现那个跟陈贵生学徒的大高个。我这才知晓他姓邓——高个子的邓，抢大活揽重活的邓篾匠，印象深刻的邓师傅。邓师傅手里的篾刀也走得比陈贵生流畅、彻底。所以，破竹之类的大活、大力气活一般是邓师傅做。陈贵生一般是做些编织类的精细活，也最能体现他娴熟的技术。

泥水匠

我与泥水匠最亲密、最持久的接触是在一九九〇年。那一年，我高中毕业。我的人生灰暗沉闷。有过一两个星期，我像被丢到荒凉之地的弃儿，迷惘而无所事事，是堂姐夫宋检苟收留了我。宋检苟是个泥水匠，当时，他承建了乡政府的一座粮站仓库。他手下需要小工，当时他手下已有几个小工，但都是女子，所以他需要一个干重活的男子。他心目中关于男子的固有印象一定是孔武有力。

于是，我被他招到乡上的建筑工地上，对宋检苟一对一服务。其中，有一项工作是在脚手架下往上抛砖。他一手持一把水泥刀，一手接我从脚手架下抛上去的砖，然后往墙上砌。宋检苟对我说：别看我接得很轻松，好像也很简单，你上来试试。的确，一只手接，不但要求看得准，还要求手要有劲，能抓得住砖。宋检苟又说：现在是青砖倒没什么，以前我学徒时接的是土坯，一块土坯比一块青砖要厚一倍不止。那时又没手套，经常抓得手指出血。说着，他伸出粗大的手掌给我看：现在都是一层茧包着，没感觉啦。

小时候，有人编顺口溜说："淤泥糊十指，日晒风雨淋，房无半片瓦，夜无御寒墙。"这是对泥水匠户外做工的真实写照。我家房子是村里最后一批旧式的，地基打在一片废弃的池塘里，全是用一块块一百多斤的石头砌起来的。记得打地基时是冬天，泥水匠打着赤脚，在齐腰深的淤泥里将规格不一的青石磨合、敲打，糊上砂浆一块块垒出地面，之后又砌了一米高的砖。

砖是从老屋里拆下来的旧砖，上面还沾着顽固的旧砂浆，要将它消除、刮平。砌了旧砖，往上一直到房顶，都是土坯。一块土坯七八斤，上面覆盖着薄薄的一层霜。宋检苟说：我当学徒的时候，在你家建那幢土坯房吃的苦最有代表性，想必你都忘了吧？我站在脚手架下吃劲往他手掌方向抛上一块青砖，说：那时我读小学三四年级，不记得了。

我在粮站仓库工地上干了三四个月，吃了三四个月的苦。后来，父亲生病，我回家照料他。离开建筑工地时，粮站仓库才长一半高，宋检苟他们继续干了近半年才算完工。

后来我离开家乡，来到城里。宋检苟仍继续在做他的泥水匠。而且，听说他越来越吃香了。因为周边村里学泥水匠的人越来越少，以前那一代老了，做不动了，年轻的又吃不了那个苦，纷纷离开农村去了城里。宋检苟为了适应新形势需求，跟一些小工程队在县城做工，学习建小楼房和商品房。回来后，能建时兴的钢筋水泥小楼房。我堂弟家那幢三层小楼房就是请他建的。现在的泥水匠与装修工人是分开的，泥水匠负责外部结构，搭起毛坯房，里面装修是另一拨人。其实，从广义上讲，装修工也属于泥水匠的范畴吧？

现在，乡村的泥水匠真的不多了。而且，既能建房造屋，又能翻盖房瓦、砌灶安炉的泥水匠更是凤毛麟角。以一把砌砖刀、一个吊线坨、一把卷尺、一把抹灰刀和一个盛灰板行走江湖的传统泥水匠逐渐绝迹了。可能突然有一天，村里老了一个人，入了土，堆了土，想起要立一块碑，却找不到会干这活儿的泥水匠。

的确，烟火气的生活渐渐消逝，日子撒野似的任性前行。曾经，从我眼前掠过的，那还有补鞋的、补锅的、修伞的、爆爆米花的、剃头的……记忆随便翻动，人物个个鲜活。我想：裁缝、木匠、铁匠也好，篾匠、泥水匠也罢，他们的手艺都是有灵魂的。要做好一门手艺，得有丰富的情感、生活的趣味，以及日常的温度。

父亲生前经常说："家有良田万顷，不如薄艺在身。"父亲对我这么说，与其说是对手艺人的看重，还不如说是对我的无奈期许。我连父亲唯一的期许都没能实现，父亲没等看到我将来的道路便郁郁而终。后来，我离开了土地，来到了城里，从事的是写字营生。"为自己寻找一名可靠的女友，╱那并非依仗数量称奇的女友。╱我知道，维纳斯是双手的事业，╱我是手艺人，我懂得手艺。"——茨维塔耶娃说她是手艺人，她用诗歌创造了复杂的人性之美。我庆幸，我也是写作者，而且，至今仍然用笔在纸上写。笔迹的外观直接表达了我的本质与品性。从这个特征上说，我也是手艺人，而且是"传统"的手艺人，这是我的幸福，也是我的骄傲。

侧着身子从时代的缝隙中走过，我们这些手艺人，都是在记录生活里的所爱、所依和所托。明里是生计，但要长期坚持，或是终其一生，没有一份认真及执着，是难以寻找到其中的充实及幸福的。

"……固定在那里：一个祭坛，╱在那里他把自己消耗在形状的音乐中。╱有时候，围着皮革巾，鼻子里满是茸毛，╱他斜着身子靠到窗框外，想起双蹄╱在风驰电掣的来往车辆中碰击；╱然后咕哝着走进去，轻一下重一下╱要打出真铁，要煅出吼叫声"——希尼对铁匠铺的诗意表达，其实也是对所有手艺人最强烈的仰望。

现在，我以手中的这支笔为手艺，重拾这份生活的仰望。

图书在版编目（CIP）数据

舍陂记 / 陈纸著 . — 南宁：广西人民出版社，2023.9
（中国乡存丛书）
ISBN 978 - 7 - 219 - 11579 - 4

Ⅰ.①舍…　Ⅱ.①陈…　Ⅲ.①散文集—中国—当代
Ⅳ.①I267

中国国家版本馆 CIP 数据核字（2023）第 103366 号

出 版 人　韦鸿学
策　　　划　白竹林
执行策划　吴小龙
责任编辑　唐柳娜
责任校对　周月华　梁小琪
装帧设计　刘　凛

出版发行　广西人民出版社
社　　　址　广西南宁市桂春路 6 号
邮　　　编　530021
印　　　刷　广西民族印刷包装集团有限公司
开　　　本　889 mm × 1230 mm　1 / 32
印　　　张　8
字　　　数　165 千字
版　　　次　2023 年 9 月　第 1 版
印　　　次　2023 年 9 月　第 1 次印刷
书　　　号　ISBN 978-7-219-11579-4
定　　　价　48.80 元